国家出版基金项目
NATIONAL PUBLICATION FOUNDATION

韓柳文研究法

林紓◎著

山西出版傳媒集團
山西人民出版社

圖書在版編目（CIP）數據

韓柳文研究法 / 林紓著. —太原： 山西人民出版社，2014.11
（近代名家散佚學術著作叢刊 / 許嘉璐主編）
ISBN 978-7-203-08696-3

Ⅰ. ①韓… Ⅱ. ①林… Ⅲ. ①韓愈（768～824）—古典散文—古典文學研究②柳宗元（773～819）—古典散文—古典文學研究 Ⅳ. ①I207.62

中國版本圖書館CIP數據核字（2014）第205965號

韓柳文研究法

主　　編　許嘉璐
著　　者　林　紓
責任編輯　梁晉華

出 版 者　山西出版傳媒集團·山西人民出版社
地　　址　太原市建設南路21號
郵　　編　030012
發行營銷　0351-4922220　4955996　4956039
　　　　　0351-4922127（傳真）　4956038（郵購）
E-mail　sxskcb@163.com　發行部
　　　　　sxskcb@126.com　總編室
網　　址　www.sxskcb.com

經 銷 者　山西出版傳媒集團·山西人民出版社
承 印 廠　山西出版傳媒集團·山西人民印刷有限責任公司

開　　本　700mm×970mm　1/16
印　　張　10.5
字　　數　70千字
印　　數　1—3000冊
版　　次　2014年11月　第1版
印　　次　2014年11月　第1次印刷
書　　號　ISBN 978-7-203-08696-3
定　　價　23.00圓

《近代名家散佚學術著作叢刊》編委會

出版説明

近代名家散佚學術著作叢刊選取一九四九年以後未再刊行之近代名家學術著作共一百二十册，編例如次：

一、本叢書遴選之著作在相關學術領域具有一定的代表性，在學術研究方向、方法上獨具特色。

二、爲避免重新排印時出錯，本叢書原本原貌影印出版。影印之底本皆經專家組審定，原書字體大小、排版格式均未做大的改變，原書之序言、附注皆予保留。

三、本叢書分爲八大類，以作者生卒年編次。

四、爲使叢書體例一致，本叢書前言後記均采用繁體字排版。

五、個别頁碼較少的版本，爲方便裝幀和閲讀，進行了合訂。

六、少數學術著作原書内容有個别破損之處，編者以不改變版本内容爲前提，部分進行修補，難以修復之處保留缺損原狀。

七、原版書中個别錯訛之處，皆照原樣影印，未做修改。

八、所選版本之抽印本頁碼標注，起始至所終頁碼均照原樣影印，未重新編排標注新頁碼。

由於叢書規模較大，不足之處，殷切期待方家指正。

總序／

披沙瀝金，以爲鏡鑒

◇許嘉璐

多年來有一個問題始終在我腦中盤桓：爲什麽在十九世紀末到二十世紀初，在短短的幾十年裏，中國的各個學術領域竟涌現了那麽多大師級的人物？這是中國近代史上一個極爲重要的現象，我認爲，如果不能給出令人滿意的答案，我們撰寫的近代學術史將是不完整的，甚至是缺乏靈魂的。後來我知道，著名人類學家克羅伯曾提出過一個問題：爲什麽天才成群地來？看來這種現象的出現並非中國所獨有，思考其所以然的也大有人在。而在那一次世紀之交中國的情況，似乎應驗了「天才成群地來」這個令克氏久久不解的疑問。錢學森先生曾從相反的方向提出了相同的疑問：爲什麽我們這個時代出現不了杰出人才？後來人們稱這個問題爲「錢學森之謎」。

要回答這些疑問不是件容易的事。與其迅速地囫圇地探尋，不如先多了解那些讓中國近代學術（應該包括人文科學和自然科學）史上閃耀着光輝的大師們的作品和自述，從而在腦海里盡量「復原」他們所處的環境和在那種環境下的心理路徑，從中或許可以得到一些啓示。

有一點是顯然的，這就是他們雖然都已遠離塵世而去，但是他們獨立思考的品性、求知治學的真誠、困厄窮愁中對節操的堅守，恐怕是他們共同的主觀因素，一直影響到現在，而且將會永遠留存下去。

就思想界、學術界而言，二十世紀上半葉是一個新說和舊說碰撞，中學和西學融匯的大時代。那時的學人極爲重視言行操守，同時具備現代知識分子的理想信念；他們的學術研究十分純淨，絕少功利因素；他們的視界開闊，以包容的心態和嚴謹的風格造就了成果的大氣與厚重。至於在客觀因素一面，他們實際是在用工業化時代的事實解說着太史公所說的名山之作「大抵聖賢發憤之所爲作」，困厄苦難使得他們「皆意有所鬱結」。這種鬱結，幾乎和個人的名利毫無牽涉，他們永遠不能釋懷的，是民族的存亡、國運的興衰、民衆的福禍和文脈的續斷。

那個時代也是近代歷史上最大規模的中西古今學術調適、創新的時期，學術方法上的交互滲透和融合、創新亦可謂「於斯爲盛」。斯時之學人是要在封閉的屋墻上鑿出窗子的勇士，是使人能夠看看外部世界的第一批導夫先路者；或者可以說，他們是在「意有所鬱結」時「彷徨」和「吶喊」的「狂人」。

相對於那時的哲人們，後來者是幸運兒。現在的形勢是，近三十年來學界空前繁榮，衆多學科有了長足之進，其中很重要的一點是學界有了更新穎、更廣闊的國際視野，似乎接續上了百年前的學壇盛事。但細想想，「古」與「今」還是有差別的。其异，主要不在於世界情勢、學術進展、工具改善這些客觀存在，而在於在廣泛吸收各國優長的同時，自身文化的主體性越來越受到重視，換言之，「拿來主義」已經延長了「拿來」的程序，加上了試用、甄別、篩選、吸收、融合、成長。就我孤陋所見，在當今地球上，面向所有異質文明，努力汲取我之所缺，其範圍之大和心態之切，似乎無出中國之右者。從這個角度說，我們已經超越了前輩。但是事情還有另外一面，學術，特別是人文學科，其職業化、「沙龍化」和功利性，以及隨之而來的浮躁病却嚴重了。從這個角度説，是不是我們已經後退得够可以的了？而這是不是我們這個時代出不了大師的原因之一呢？

民國學術界的特點之一是極爲注重對傳統的反省、批判與繼承。他們對傳統文化盡最大的努力進行整理和研究。一方面，由於戰亂頻仍，民不聊生，學者們擔起了讓中華文化薪火相傳的歷史責任；另一方面，他們要通過對中國傳統文化的整理、挖掘來重振民族自信心。這一時期對傳統文化進行整理的全面而深入是前所未有的，舉凡文字學、語言學、經濟學、法學、哲學、政治制度、書法繪畫、金石學……規模之宏大，研究之精微，令人嘆爲觀止。

民國學術推動了現代學科體系的建立。在對傳統文化整理和研究的基礎上，吸收西方的文化思想和理念，推動和建立了中國現代學科體系。例如，在對語言文字和音韵學成果進行整理、研究的基礎上開始着手規範之，建立了國語學；深入研究書法、國畫，將其融入了現代美術學科；在廢除舊有學制後逐步建立起小、中、大學較完整的科目和學科體系。

民國學術也改變了傳統學術方式，建立了新的研究範式。以現代科學考古爲發端，科研的實踐和成果使中國知識界真正認識到在實驗、比較基礎上的邏輯分析對學術研究的重要，推進了中國學術的一大演變。至於我們常説的打破士大夫傳統、走出書齋到田野鄉村和市民中進行調查研究、結束了經學時代、以歷史眼光檢視儒學和諸子等等，都是確立新學術範式的努力。這一轉變，也標誌着中國學術界脱胎换骨，全面進入了現代，爲此後的學術發展奠定了堅實的基礎。當然，西方啓蒙運動以來，在「現代性」和「現代化」裏潛伏着的缺陷和謬誤也傳到了中國，這些不能不在前哲的著作裏留下痕迹。這並不奇怪。類似的情況，古往今來孰能免之？猶如今天的我們，誰敢自稱我之所見就是永恒的真理？在這個問題上兩個時代所異者，或許就在昔時大家創立新説或譯註西學著作，往往是懷着對學術和前哲的敬畏而爲之，故而常常誤不在我；當今則往往出於對學問和他人的輕蔑，或以所研究的對象爲謀己的工具，因而難辭主觀之咎吧。翻閲他們的心血之作，這些復雜的狀況可以顯見，可以視之爲我們的一面鏡子。

滄海桑田，世事變幻，歷史的動盪和時代的遮蔽，使當年許多大師的一些極有價值的學術著作被棄於故紙堆中，不能不令人有遺珠之憾。爲此，山西人民出版社不惜以數年之艱辛，披沙瀝金，編輯出版這套近代名家散佚學術著作叢刊，凡一百二十册，計文學、史學、政治與法律、美學與文藝理論、民族風俗、宗教與哲學、經濟、語言文獻共八大類別。所選皆爲作者之純學術著作，無論是其見解、精神，抑或是其時代烙印，都是後輩學人可資借鑒的寶貴財富。他們出版這套叢書，意在讓世人不忘來程，知筆路藍縷之不易，爲民族文化的傳承再增薪木。

出版社的初衷，與我近年來所思所慮近似，故願略述淺見於書端，以與策劃者、編輯者和讀者共勉。

二〇一四年七月六日

改定於自安東回京途中

前言/猛回頭，那支支紅燭

——二十三種民國文學研究著作概覽

◇梁歸智

「視爾夢夢，天胡此醉？於時處處，人亦有言！」

此聯乃北京宣南（宣武門外舊城區）北半截胡同四十一號中「莽蒼蒼齋」楹聯。齋主何人乎？即戊戌變法失敗而捐軀之「六君子」中翹楚譚嗣同字復生號壯飛者也。慈禧太后發動政變，逮捕維新黨人，友人勸譚嗣同逃避，他堅辭曰：「外國變法未有不流血者，中國變法流血請自嗣同始。」乃於一八九八年九月二十四日被捕，繼而遇害於菜市口。臨刑前仍大呼曰：「有心殺賊，無力回天；死得其所，快哉！快哉！」

自此而後，果然爲變法——改變社會制度而流血不止，一九一一年十月十日辛亥革命成功，中國歷史上最後一個封建王朝被推翻，一九一二年一月一日中華民國成立。然餘波未息，新瀾迭起，袁世凱竊國，張勛復辟，北洋軍閥混戰，國民黨軍北伐，中國共產黨成立，國共争鋒，時而合作，時而破裂，日本入侵，八年抗戰，勝利後繼以三年内戰，終於以一九四九年十月一日建立中華人民共和國而告一大段落。

從一九一二年一月一日到一九四九年十月一日，凡三十八年，此即「民國」時段也。

三十八年過去，彈指一揮間。戰焰紛飛，生靈涂炭，歷史真是「相斫書」！而文明的燭火，點點簇簇，飄曳閃爍於如磐夜氣之中，雖遭暴風，遇疾雨，而終不熄不滅。其中最具象徵性的事件，乃一八九七年二月二十一日在上海成立之商務印書館，於一九三二年一月二十九日遭日本侵略軍針對性轟炸，占全國出版量百分之五十二的出版巨頭損失一千六百三十萬元，百分之八十以上資産被毁，其所屬東方圖書館同時被炸，四十五萬册圖書化作劫灰，其中有無數古籍善本、孤本！日軍侵滬司令鹽澤幸一狂吠：「炸毁閘北幾條街，一年半就可恢復，只有把商務印書館、東方圖書館這個中國最重要的文化機關焚毁了，牠則永遠不能恢復。」而劫難後的商務印書館，懸掛出「爲國難而犧牲，爲文化而奮鬥！」的巨幅標語，經半年即宣告復業，實現了「日出一書」的奇迹。

由於歷史演變的吊詭，民國時期的出版物，在一九四九年以後的中國大陸，大多數遭遇了被遺忘的命運，沉埋於少數圖書館的塵封角落。斗轉星移，時來運轉，二十一世紀進入了第二個十年，山西人民出版社推出這套叢書，遴選民國出版的若干學術精品，分學科編纂，蔚爲盛事大觀。此分卷是對中國文學（主要是古典文學）的研究，共二十三種。下面對這二十三種書籍作一個概覽性的介紹。

先看這些書的作者。生年不明者毋論外，出生最早的當屬韓柳文研究法的撰者林紓，他誕生於一八五二年（清文宗咸豐二年），卒於一九二四年（民國十三年——一九一二年爲中華民國元年）。出生最晚的是陶淵明批評的作者蕭望卿，誕生於一九一七年（民國六年）。這二十位作者中，一些是後來成爲大家的著名人物，林紓之外，有大學者徐珂、章太炎、陳寅恪、吕思勉、陸侃如、周貽白、趙景深，著名作家蕭乾等。此外的作者，則屬於有一定學術建樹或僅留下少量著述的文化人。

從作品看，這二十三種著作有某一種文學或某個人作品的分論，如詩經之女性的研究、曹子建詩的研究，也有某一長時段的文學史或文藝理論性質的概説，如清代詞學概論、中國戲劇小史。其中陸侃如三種，趙景深兩種；而陳寅恪和蕭望卿的兩種著作研究對象相同而又篇幅短小，合爲一册；陸侃如有兩種合爲一册。故，這裏一共有二十位作者的二十三種著述，却是二十一册文本。

分册介紹述評，是按照著作内容所關涉之中國文學史發展綫索的先後爲序？還是以研究者的情況或者書册的寫作出版先後爲序？却是一個頗讓人躊躇的問題。因爲近四十年的民國，正是中國社會從傳統向近現代激烈轉型的時段，不僅作者的思想認識，書册的觀點立場，而且連書寫的語言文風，都存在鮮明的古今遞嬗演變的痕迹。經考量，決定采取折衷的立場，即基本上按照文學史發展的脈絡綫索，先概説性著作，後專題性研究，同時顧及其他因素，將徐珂、林紓、章太炎的三種以文言文表述的著述放在最後予以推介月旦，也算是對横跨清王朝與民國兩代之文化先驅者的致敬。

中國文學小史，作者趙景深，生於一九〇二年，卒於一九八五年，主要以元雜劇、宋元南戲和古典小説的輯佚考證而名世，代表性著作爲曲論初探、宋元戲曲本事、宋元南戲考略、中國小説叢考等。這本中國文學小史是他二十多歲時的作品，上海的大光書局出版，後再版重印，達二十次之多。他於一九三六年寫「十九版序」，這樣説道：「十年前，我跟隨着新文學浪漫運動的巨潮向前推動，當時我充滿了熱情和詩趣，喜歡説一點帶有情感的話，喜歡像做詩一樣的寫文章。……也許讀者們這樣的愛讀這本小書，使牠達到十九版，清華大學入學考試且曾指定此書爲唯一的參考書，大約都是爲了牠使人讀起來不至於十分頭痛吧？」

以西方的學科意識而撰述「中國文學史」，二十世紀以始，共有數百本。第一本中國文學史爲何人所寫？或曰英國人，或曰日本人，或曰俄國人。中國人自己最早撰寫的中國文學史，一般認爲乃林傳甲一九〇四年撰中國文學史，黄人（黄摩西）亦於同年撰同名之書。林著是在當年之京師大學堂即後來之北京大學撰成，黄著是在當年之東吴大學即後來之蘇州大學撰成，歷史演變的軌迹斑斑俱在。趙景深的這本「小史」，名副其實，牠篇幅很小，如作者自表，「我只是寫一本中國文學的常識；或者，我是在説一個故事」。其特色不在學術含量的全備高深，而在簡略概約，蜻蜓點水，却時見談言微中；同時文風清麗活潑，很適於普及。

中國文學小史凡三十五節，第一節「緒論」，第二節「詩經」，第三節「屈原宋玉」，第三十四節「清代的詩文」，第三十五節「最近的中國文學」。從詩經、楚辭始，司馬相如和司馬遷，曹氏父子，陶淵明與謝靈運，唐詩，宋詞，元曲，明清的小說、傳奇和詩文，面面俱到，而最後一節，更有聞一多、汪靜之等的詩歌，郁達夫、魯迅等的小說，田漢、丁西林等的戲劇，周作人、朱自清等的散文等。

比起今日的文學史經典著作，此書自然不可能在材料的全備準確和學理的系統精深方面爭勝，但其特色也頗堪注目，即那時還沒有後來的一些教條框架，因而一些說法能讓人眼前一亮，細想也頗堪玩味。如論到李白和杜甫的同異，這樣對比：

李白：南方化、仙品、出世、浪漫、受道家影響、才、情、樂自然；

杜甫：北方化、聖品、入世、寫實、本儒教見地、學、性、泣時事。

與後來的經典化定位大同小異，而更加言簡意賅，同時還有一些生動的表述，如這樣談論李白：「我們也曾想像到一個眸子炯然，腰束玉帶，身穿宮錦袍，在采石磯邊狂歌於船頭的詩人麽？這便是天才豪放的李白。」後面對李杜的「優劣」也一語到位：「李白是樂天的，杜甫是悲觀的。」「他們兩人作風如此不同，當然我們不能分出優劣來。」比起一九四九年以後幾部文學史的某些教條化論述，以及郭沫若的李白與杜甫之立場偏頗，民國時期學人的思想自由客觀公允躍然紙上。

詩經之女性的研究，謝晉青著。此書曾作爲商務印書館「國學小叢書」、「萬有文庫」而數次出版重印。謝氏生於一八九三年，卒於一九二三年，乃日本留學生、南社社員，另有譯著西洋倫理學史（原作者日本人三浦藤作）。詩經之女性的研究共十節，其實就是對十五國風裏的女性題材特別是愛情婚戀詩歌的思想與藝術分析評價。其「緒論」說：「我這次是想在詩經中，發掘古代婦女問題的，並不是做考據底工作，在意義方面，我們總以詩底本義爲歸宿；那些不可靠的誤解，我們一概不取。在藝術方面，我們總以普遍而真摯的平民主義爲歸宿，那些不自然的附會穿鑿，我們也一概排斥。」「結論」則總結說：「詩經底十五國風，原來存詩一百六十篇，其中經我認爲有關婦女問題的，共計八十五篇。這八十五（篇）詩，若再依性質來區別，那就是：最多的爲戀愛問題詩，其次即爲描寫女性美和女性生活之詩，再其次就是婚姻問題和失戀問題底作品了。爲什麽戀愛問題底作品，占最大的數目呢？這就因爲兩性問題，是在人類生活上，占最重要的地位底證據。」

此書的許多具體分析賞鑒相當細緻，頗能體現民國以來西方推崇女性張揚人性思潮對古典文學研究的影響，一九四九年以後中國文學史中的相關評述，傾向立場，實承其緒。

有關楚辭的著作，共選有兩種：陸侃如屈原與宋玉、何天行楚辭作於漢代考。

陸侃如，生於一九〇三年，卒於一九七八年，是二十世紀五六十年代中國著名古典文學專家，他與夫人馮沅君合著之中國詩史是開創性的著作。此外撰有樂府古辭考、陸侃如古典文學論文集、中國文學史簡編、中國古典文學簡史，及與高亨合著楚辭選，與牟世金合著文心雕龍選譯、劉勰論創作、劉勰與文心雕龍等。屈原與宋玉是在他的處女作屈原、宋玉基礎上整合而成，却也算得上這一研究領域初具規模的「集大成」之作。書共六節：一、引論；二、屈原的生平；三、屈原的作品；四、宋玉的生平；五、宋玉的作品；六、餘論。最後列「參考書目」，自王逸楚辭章句、洪興祖楚辭補注、朱熹楚辭集注以下凡四十種。可以說，後來關於楚辭研究的許多重要問題都已經有所體現或涉及，算得上是此領域近現代研究的一册早期代表性著作。

楚辭作於漢代考的作者何天行生於一九一三年，卒於一九八六年，對浙江遠古文化——良渚文化的發掘考證有重要貢獻，出版有杭縣良渚鎮之石器與黑陶，是著名的考古學者作。楚辭作於漢代考受當時顧頡剛疑古學派的影響，論證楚辭各篇皆作於漢代，離騷的作者是淮南王劉安。這種觀點是楚辭研究中的一家之言，後來朱東潤也持相近觀點。楚辭作於漢代考的寫作曾受到蔡元培的鼓勵，完成於抗日戰爭發生前夕，作爲一種歷史痕迹，於楚辭學的演變具有參考價值。

漢代詞賦之發達，商務印書館一九三五年出版，其作者金秬香，生平待考，他另有駢文概論一書，爲商務「萬有文庫」第一集中叢書，則金氏乃當時知名文化人無疑。漢代詞賦之發達共十章，對漢賦作了比較全面的考察研究，其第一章「辭字之解釋」辨析「辭」與「詞」字義語源的來龍去脈，認爲「楚辭漢賦」中「辭」應作「詞」，故全書行文，皆稱「詞賦」。其後各章，對「賦字之定義」、「詞賦之源流」、「詞賦之作用」、「詞賦之分析」、「漢代詞賦之所由盛」、「漢代詞賦之所由衰」、「漢代詞賦發達之原因」、「漢代詞賦之種類」、「漢代詞賦之變遷」分別討論，漢代重要詞賦作家作品多已涉及，全書行文爲淺近文言。由於詞句多古僻，深入研討漢賦者歷來不多，此書可視爲漢賦研究的早期圭臬。

陸侃如樂府古辭考，完成於一九二五年，商務印書館一九三〇年出版，堪稱是對漢樂府研究的開山之作。共八章，依次爲：一、引言；二、郊廟歌；三、燕郊歌；四、舞曲；五、鼓吹曲；六、横吹曲；七、相和歌；八、清商曲。序例有云：「樂府是中國文學史上很重要的材料。但是研究起來，較詩經楚辭爲難，因爲没有適當的參考書。……近來研究詩經楚辭的人很多，但很少有人研究樂府的。這本小册子的問世，便是希望能引起讀者對於樂府的興趣，大家來作湛深的研究，使樂府的真價值不致永久的湮沒。」雖是「小册子」，而能於漢樂府爬梳史料，清理源流，辨析考鑒，確有開闢之功，後來的研究者，實受其惠。

此册還另有陸侃如的一篇論文左思練都考，北京大學出版部一九四八年出版，乃對西晉詩人左思撰寫三都賦搆思十年的傳統説法提出异議，認爲「事實上三都賦的搆思恐怕超過二十年」，引證古籍，分析辯駁，是一篇專門的考證文章。

原廣州師範學院院長陳一百，生於一九〇九年，卒於一九九三年，是一位教育家。其所著曹子建詩研究於一九四〇年由上海三通書局出版，一九七一年香港大地出版社再版。書分上下篇，上篇包括曹植傳略、曹子建集的傳本考略、曹植詩歌的情感、後世諸家對曹植的評論；下篇兩部分，分别是曹植詩選讀和曹植樂府選讀，文末附有清代學者丁晏的魏陳思王年譜。此書也算對曹植其人其詩的一種早期研究的痕迹，可供後來者借鑒參考。

陶淵明之思想與清談之關係、陶淵明批評二書篇幅不大，故合爲一册。前者爲陳寅恪的一篇論文，燕京大學哈佛燕京社一九四五年出版；後者爲蕭望卿著，開明書店一九四七年出版。陳寅恪生於一八九〇年，卒於一九六九年，是名震遐邇的文史大師，毋庸多介。蕭望卿生於一九一七年，卒於二〇〇六年，曾先後於西南聯大和清華大學深造，並與聞一多、朱自清、沈從文等大家交往密切，一九四九年後任教於河北師範學院中文系，述而不作，僅有此陶淵明批評傳世。

陶淵明之思想與清談之關係不愧名家名作，條理清明，言簡義豐，實爲後世研陶之先驅。文章首先追溯從漢末、魏到晉的「清談」之風，「然則當時諸人名教與自然主張之互異即是自身政治立場之不同，乃實際問題，非止玄想而已」。「略述淵明之前魏晉以來清談發展演變之歷程既竟，茲方論淵明之思想，蓋必如是，乃可認識其特殊之見解，與思想史上之地位也。」再討論陶淵明與佛教徒慧遠等頗有交往，而其思想不染佛風，乃因爲「蓋其平生保持陶氏世傳之天師道信仰，雖服膺儒術，而不歸命釋迦也」。同時，陶淵明「自以曾祖晉世宰輔，恥復屈身異代」，他的「自然」思想，「與當日實際政治有關，不僅是抽象玄理無疑也」。

最後論定陶淵明作爲思想家的崇高地位：「淵明之思想爲承襲魏晉清談演變之結果及依據其家世信仰道教之自然説而創改之新自然説。……不似舊自然説之養此有形之生命，或别學神仙，惟求融合精神於運化之中，即與大自然爲一體。……故淵明之爲人實外儒而内道，捨釋迦而宗天師者也。推其造詣所極，殆與千年後之道教採取禪宗學説以改進其教義者，頗有近似之處。然則就其舊義革新，『孤明先發』而論，實爲吾國中古時代之大思想家，豈僅文學品節居古今之第一流，爲世所共知者而已哉！」

陶淵明批評共三章：陶淵明歷史的影像、陶淵明四言詩歌論、陶淵明五言詩的藝術。這本書是文學史角度的陶淵明專論，與陳寅恪的思想論合而觀之，可謂陶淵明的「全影」，一九四九年後陶淵明研究的輪廓理路，其實皆在其籠罩之下。

此書前有朱自清的序，言短義豐，對陶淵明批評的價值貢獻，可謂已經説盡。陶淵明「詩最少，可是各家議論最紛紜。考證方面且不提，只説批評一面，歷代的意見也够歧異够有趣的。本書『歷史的影像』一章頗能扼要的指出這種演變。在這紛紜的議論之下，要自出心裁獨創一見是很難的。但這是一個重新估定價值的時代，對於一切傳統，我們要重新加以分析和綜合，用這時代的語言，重新表現出來。本書批評陶詩，用的正是現代的語言，一鱗一爪的，雖然不是全豹，表現着陶詩給予現代的我們的影像。這就與從前人不同了。」「本書二三章專論陶詩的作風和藝術，不厭其詳。從前人論陶詩，以爲『質直』『平淡』，就不從這方面鑽研進去。但『質直』『平淡』，也有個所以然，不該含胡了事。本書詳人所略，便是這方面的努力。」「陶淵明的創獲是在五言詩。本書説『到他手裏，才是更廣泛的將日常生活詩化』，又説他『用比較接近説話的語言』，是很得要領的。」「歷來評論者推崇他的五言詩，因而也推崇他的四言詩，那是有所蔽的偏見。本書論四言詩一章，大膽的打破了這個偏見，分別詳盡的評價各篇的詩。」

陶淵明之思想與清談之關係用文言行文，簡潔清雅；陶淵明批評則是生動活潑的白話文，没有一九四九年後的八股教條氣味。今天的人閲讀起來，也感到很親切的。

唐代文學史，陳子展著。陳氏生於一八九八年，卒於一九九〇年，一九三三年起一直任教於復旦大學，以詩經直解、楚辭直解名世。唐代文學史於一九四四年由作家書屋（姚蓬子在上海開的書店）出版，一九四七年重印，共八章，分別是：一、説到唐代文學；二、初唐詩人；三、盛唐詩人；四、中唐詩人；五、晚唐詩人；六、古文運動；七、唐人小説；八、晚唐五代詞人。對整個唐代文學，作了梳理概述，篇幅不長，内容全面，可以視爲後來中國文學史唐代文學部分的早期代表作。其中的説法，今天看來自然不新鮮，放在當年的時代背景下，則頗可稱道。如論李白與杜甫的優劣：

> 可見一個肯自命爲狂者，一個不諱言爲腐儒。一個抱超世主義，源於道家思想；一個抱淑世主義，源於儒家思想。一個幻想超昇仙境，一個不忍離開君國。總之，他們的作品都是他們自己生命純真的表白。
>
> 大抵李杜於詩的手法上，一個側重自然，一個側重雕飾。風格上一個豪放飄逸，一個沈（即「沉」）鬱頓挫。各有各的價值，各有各的生命。

商務印書館「國學小叢書」有顧彭年杜甫詩裏的非戰思想，一九二八年出版，一九三三年重印，據作者序言，書完稿於一九二五年。商務印書館「萬有文庫」中又有顧氏現代歐美市制大綱一書，一九三〇年出版。此外知道他從事過新體詩的翻譯與創作，其餘生卒年和生平等則概不清楚。杜甫詩裏的非戰思想共五章加一個附録：一、緒言；二、杜甫傳；三、杜甫的時代；四、杜甫以前及他同時代的反對戰爭的思想與作品；五、杜甫詩的非戰思想；附録：杜甫時代重要之戰爭與叛亂年表。

杜甫爲「詩聖」，杜詩乃「詩史」，歷來研究繁夥。此書以「非戰思想」爲中心主題，表現出明顯的時代印記。如作者自序中所云：「迨江浙戰爭發生後，作者對於戰爭的惡魔的面龐益認識清楚，這位大詩人的非戰作品，也就愈加湧現在我的腦際了，但因戰爭的驚擾，屢次遷徙，心如蝴蝶，如浮萍，飄蕩無定，不克專心於此，直到逼近年節，始把牠修改好，字數已比初稿增加了一倍以上。」今日之杜甫研究成果已經汗牛充棟，而此册小書，仍於讀者開卷有益，在於戰爭之兇惡痛苦，人類仍未能完全消弭避免。而此書感同身受的寫法，就不僅是一本研究著作的影響了。其緒言末段的感慨最能傳達不以時代變遷而更改的情愫：「我們所處的時代與杜甫的時代有不少的地方相類似；環境的艱險比他的有過之無不及；我們的兄弟，所流的血泪，所受的凌辱與壓迫與騷擾，比他的時代的人更甚；但當今能代表時代的作品有幾？能真切的表現自己所處的環境的佳制有幾？具有完整，聖潔，毅勇，偉大的人格而爲民衆呼吁的詩人安在？」

唐人詩中所見當時婦女生活，作家書屋一九四七年出版。作者劉開榮，一九三五年考入金陵女子文理學院中文系，一九四一年畢業，一九四三年完成此書。劉開榮後來又去燕京大學歷史系深造，在陳寅恪指導下完成唐代小説研究，一九四七年商務印書館出版，一九五〇年再版，一九五三年三版，臺灣亦曾三次重版。

唐人詩中所見當時婦女生活書前除作者自序外，尚有華西大學華西週刊主編陳國樺序、陳中凡序及華西大學英文系外教費爾樸序。陳國樺序末署「(民國）三十二年二月十二日序於華西大學」；陳中凡序末署「民國三十二年一月二十五日」、「成都華西壩廣益學舍」，費爾樸序末署「一九四三年春」、「於四川成都」，而劉開榮自序末署「(民國）三十二年一月二十二日於華西壩」，是則其時劉開榮與陳中凡俱任教於華西大學。

書之正文共九章：一、引論；二、勞動婦女（上）；三、勞動婦女（下）；四、民間一般婦女的日常生活；五、民間一般婦女的精神生活；六、妓女生活；七、宮庭婦女及貴族婦女生活；八、女冠子生活；九、結論。

陳國樺序有云：「處在中國抗建（即抗戰與建設——引者）的現階段，如欲建設新中國，必須動員二萬萬多女同胞的力量，共同參與偉大的建設工作。著者劉開榮君寫成此書，實無异提出婦女解放的問題，請大家重新加以嚴肅的考慮，因爲唐代的婦女生活，又何異於現代的婦女生活呢？」

陳中凡序則説：「我以爲此文可以作爲唐代婦女史看。因爲我國古代史家專紀帝王名臣的史績，至今中國史書有帝王家譜之譏。社會上廣大群衆反被擯於史書領域以外，真是憾事。今讀此文，方知道史家所忽略的東西，詩人乃一唱三歎，反復申詠。只要後人加以探討，就可以把當日被壓迫的一般婦女實際情形，畢露無遺。」

費爾樸序（英文，劉開榮譯成漢語）贊美：「本書作者劉開榮女士，本人會詩，也善爲富有詩意的散文，可以説是給近代的文學寶庫添上了一幅生動的圖畫——一幅女人的美麗的夢景。『唐代的光榮』不但包括有金漆的畫棟和迴廊，光彩奪目的瓷器，以及吴道子的山水名畫，并且有琳琅滿目的辭林文苑，裏面活躍地呈現着宫庭裏莊嚴的婦女，也舞動着詩人們生花的筆尖。」

劉開榮的自序中則如是説：「本書的目的，不是要研究某一人某一事，而是要像一個攝影專家，把唐人詩中所反映的當時婦女生活的斷片，一一剪下來，拚在一起，使人一看便可得到一個個鳥瞰。所以凡能對當時的婦女生活，給一綫光明或一絲暗示的詩料，作者都不肯割捨。尤其關於佔有人精神生活一大部份的兩性間的言情談愛的記載，作者更要把它赤裸裸地呈現在讀者的面前，讓讀者進到他們的精神世界裏面去，不再襲用以往的成見，把君臣的關係拉扯上去，加以牽强附會的解釋了。」

可見這册書，無論作者與評者，都更注重其對「新婦女觀」的弘揚，而於唐代文學研究的價值反而在其次。劉開榮身爲女性，於有關女性的詩作更容易心有戚戚焉。這自然也受當日西學日漸張揚女權等社會情境、時代風氣和思潮的影響。今日的讀者，則更注重其學術層面的價值。如陳汝潔説：「有人説劉開榮的這本書實踐了陳寅恪先生的『以詩證史』的思想，我仔細讀了之後，覺得劉著與陳寅恪先生的元白詩箋證稿相比，還是差別較大的。陳著箋釋元白詩，往往證之以史籍，能使人明了詩中所寫何者爲史實何者爲虚構。在陳來説，『以詩證史』又何嘗不是『以史證詩』。而通過『以史證詩』所揭示出的元白詩中的今典，對讀者理解元白詩具有重要作用。以注釋來説，能注出今典比注明古典難度要大。寅恪先生在元白詩箋證稿中揭示了大量今典，因難能而可貴。而劉著在全書中很少涉及當時的史籍，所以讀後讓人覺得是她從全唐詩中分類披檢關乎婦女詩作，費了不少工夫而欠了一點功力，無法望陳著項背。但劉著是一部有趣的書，她把唐詩中關於婦女的詩作檢索、排比出來，讓人知道唐詩中的這一類。倘若她能够進一步讓讀者知道詩中所寫的這些婦女生活，哪些合於唐代史實哪些是詩人虚構，那該多好！不過，從書名來看，她大約認定唐代詩歌中所寫即是當時社會中所有，真的嗎？我認爲這需要證明。」

清代婦女文學史，一九二七年二月中華書局初版，一九三二年—二月再版，共十七萬五千字。作者梁乙真，河北獲鹿人，生於一九〇〇年，一九二五年後就讀於上海南方大學，卒年及生平不詳。除清代婦女文學史外，尚著有中國文學史話、中國民族文學史、中國婦女文學史和元明散曲小史。

清代婦女文學史共列舉了漢、滿閨閣名媛、娼門、女冠、難女、乞丐女性作者三百餘人。內容目録爲：第一編明清兩朝婦女之極盛時期；第二編清代婦女文學之極盛時期（上）；第三編清代婦女文學之極盛時期（下）；第四編清代婦女文學之衰落時期；第五編清代婦女文學雜述。

書前有王蘊章序、王燦芝序和自序，書末附録清代婦女著作家表及人名索引。此書受謝無量中國婦女文學史啓發和影響，但後來居上。王蘊章和王燦芝都給予較高評價。當代女性文學研究者也頗加青目，評論其重視女性張揚女權的思想意義高於文學史意義。所謂二十世紀三部女性文學史梁乙真居其二。

宋代文學，吕思勉著。吕氏生於一八八四年，卒於一九五七年，是著名歷史學家，其中國通史、秦漢史、讀史札記等都是史學名著。這册宋代文學一九二九年由商務印書館出版，共六章，分别是：一、概説；二、宋代之古文；三、宋代之駢文；四、宋代之詩；五、宋代之詞曲；六、宋代之小説。

此書行文用淺近文言，梳理宋代各體文學的代表作家、演變發展脈絡相當全面，可視爲宋代文學史的早期代表作。其觀點議論，具有二十世紀早期的清明樸實，非如後來受各種所謂「範式」拘限者。如論三蘇之文：蘇洵「筆力堅勁，自以老泉爲最。然老泉好縱横家言，恒以權譎自喜，而其言實不可用。故其議論，多有不中理者」。蘇軾「則見解較老泉爲高。雖亦不脱縱横之習，然絶去作用處，時或近於道家。非如老泉一味以權術自矜也。尤妙在能以明顯之筆達之。晚年文字，則心手相忘，獨立千載」。蘇轍「氣象不如其父兄之雄奇；才思横溢，亦非乃兄之敵。然議論在三家中最爲平正，文亦較有夷然澹蕩之致，則亦非父兄所能也」。宋代文學專設駢文一章，也是後來的文學史一般所忽略的。

中國詞史大綱，胡雲翼著。胡氏生於一九〇六年，卒於一九六五年，曾於中學、大學任教，後爲上海中華書局、商務印書館編輯，於唐宋詩詞研究深湛，有宋詞研究、宋詩研究、宋詞選、唐詩研究等著作行世，影響頗大。中國詞史大綱，北新書局（創立於北京，後遷上海）一九三五年出版。此書分兩編，第一編爲「唐五代詞」，共九章，第二編爲「北宋詞」，共十四章，共録詞人凡五十七家。

此書爲近代意義上對詞這一形式溯波追源之較早學術著作，也可以説是研究宋詞的早期經典。其論詞與詩之區别云：「長短句的歌詞在文人的社會裏確立以後，牠的發展漸漸地把不甚協樂的律絶詩壓倒了。我們看樂曲裏面的長命女、烏夜啼、漁夫詞、長相思、江南春、步虚詞、鳳歸雲、離别難、金縷曲、水調歌、白苧等調，最初都是用五七言絶句歌詞，後來都改用長短句的歌詞了。中唐詩人還有寫律絶詩給樂工伶妓們去唱，到晚唐竟失掉歌詩之法，只有長短句的歌詞了。這不顯明的是：長短句的歌詞藉着在音樂上的便利，把整整的歌詩打倒了嗎？」詞的興盛在音樂這一歷史的核心問題，如此明白曉暢地揭示了出來。

詞的歷史分期，此後的文學史，都以中國詞史大綱的説法爲準，如北宋詞的演變：「歷史的發展，則可分爲四個時期：第一個時期是小詞的時期，以晏殊、歐陽修、晏幾道諸人爲主幹；第二個時期是慢詞的時期，以柳永、秦觀諸人爲主幹；第三個時期是詩人的詞的時期，以蘇軾、黄庭堅諸人爲主幹；第四個時期是樂府詞復興的時期，以周邦彦、李清照諸人爲主幹。」與後來的文學史相較，中國詞史大綱没有「婉約派」「局限於個人趣味」，「豪放派」「關注國家社會」「積極入世」一類意識形態評論語言，更顯學術性的單純。

趙景深著宋元戲文本事，北新書局一九三四年出版，但其完成於一九二三年六月。這是對宋元南戲研究的筆路藍縷之作，其開闢之功永耀史册。作者在自序中説：「這一本小書的目的是想把已佚的宋元戲文輯録出來，作爲研讀中國文學的一個參考；爲了恐怕專載佚文太枯燥，斷簡殘篇凑在一起也令人有丈二金剛之感，於是也附一點本事，把殘文貫串起來，使得讀者看這一本書不像是摹（即『摩』）挲古董，而像是在讀幾篇很有趣味的短篇小說。」

書共九章，輯自南九宮譜、新編南九宮詞、雍熙樂府、九宮大成南北詞宮譜，内容包括：一、王煥和王魁；二、陳巡檢梅嶺失妻；三、四種戀愛戲文；四、王祥卧冰；五、黄周兩孝子；六、江流和尚；七、僅存三五曲的元代戲文；八、僅存兩曲的元代戲文；九、僅存一曲的元代戲文。

中國戲劇小史，周貽白著。周氏生於一九〇〇年，卒於一九七七年，是著名中國戲曲史家和中國戲曲理論家，還曾經創作並演出話劇作品三十部上下。他首先提出並詳細論證中國戲曲的三大聲腔源流——崑曲、弋陽腔和梆子腔，厥功甚偉。他於一九三六年出版中國戲劇史略和中國劇場史（商務印書館），中國戲劇小史乃在前二書基礎上再加補充修訂，於一九四六年由上海的永祥印書館印出。後來又出版中國戲劇史（一九五三）、中國戲劇史講座（一九五八）、中國戲劇史長編（一九六〇），以及遺著中國戲劇發展史綱要（一九七九），都是以中國戲劇小史爲基礎的。

中國戲劇小史共八章：一、中國戲劇的形成；二、唐宋的戲劇；三、南戲與北劇；四、明代戲劇的概況；五、崑曲與亂彈；六、皮黄劇的勃興；七、文明戲與話劇；八、中國戲劇前途的展望。今天的讀者，要了解中國戲劇發展的歷史，當然有後來居上者的書可讀，但前驅者的貢獻也是不容抹殺的。中國戲劇小史的意義就在這裏。

中國小説的起源及其演變，正中書局（陳果夫一九三二年創立於南京）一九三四年出版，作者胡懷琛。胡氏生於一八八六年，卒於一九三八年，一九三二年被聘爲上海市通志館編纂。他搜集整理一批上海地方史志珍貴資料，卓有貢獻。其藏書以詩文集和課本爲特色，如三字經、百家姓、千字文、千家詩等，收集齊全，劉鶚稱其爲「三百千千」。收集外文書籍和少數民族作者的漢文詩集一千餘種，可惜其藏書在抗戰時多半被日寇炸毀。一九四〇年，其子胡道静將殘餘之書捐獻給了震旦大學。

中國小説的起源及其演變共六章：一、本書説到的範圍；二、小説的起源及小説二字在中國文學上的涵義之變遷；三、中國小説「形」的方面的演變；四、中國小説「質」的方面的演變；五、現代小説；六、研究中國小説參考的書目。第一章開宗明義：「本書所講的，只有兩件事情如下：（一）是中國小説的起源，與小説二字涵義的變遷。（二）是中國小説的演變，並現代小説的標準。」

研究小説者歷來推崇魯迅的中國小説史略和胡適的中國章回小説考證，那自然是開山的典範之作。其後錢静芳小説叢考、蔣瑞藻小説考證等也都功力深湛，卓然有成。本書算得上是一册史論相結合的小説研究著作，在中國小説研究的歷史進程中，雖然不如上述幾種著作那麽經典，却也有其歷史的價值和意義，從「可讀性」來説，則更占優勢。如此書説到中國小説的歷史變化，通俗易懂而能切中肯綮：「由古代的傳説在口上，演變成寫在紙上，這是一變。宋代的説話勃興，這是第二變。宋人的話本，由説給人家聽的，變爲直接給人家看的，這是第三變。紅樓夢、儒林外史等，只是寫的，不是説的，這是第四變。然而『説』和『寫』，仍是同時候存在的，決不是變成後者，前者就消滅了。只不過互有盛衰而已。」

此外説到的一些情況，也頗能讓我們對於歷史的演變，有一種親切的感知。如：「在民國前一二年，有周作人譯的域外小説集，是用文言譯西洋的短篇小説。不過是大失敗了。這失敗並非域外小説集自身不高明，只是和那時候的讀者程度相差太遠。第一不歡喜讀這種無頭無尾的短篇小説，第二不歡喜讀平淡無奇的故事，第三不歡喜這種比較生硬而樸質的文言。結果，這部書當時幾乎没有人知道。」

書評研究，商務印書館一九三五年出版。作者蕭乾生於一九一〇年，卒於一九九九年，是著名翻譯家、作家、富有傳奇色彩的二戰記者，畢業於燕京大學新聞系，後去英國劍橋大學任教並讀碩士學位，一九四三年領取了隨軍記者證，正式成爲大公報的駐外記者，也是二戰時期歐洲戰場的唯一中國記者，一九九五年中國作家協會授予其「抗戰勝利者作家紀念碑」榮譽。三百二十萬字的蕭乾文集包括小説、散文、特寫、回憶録等，譯作莎士比亞戲劇故事集、好兵帥克以及與夫人文潔若合譯的尤利西斯等更是影響巨大久遠。

隨着近現代出版業的發展，書評也逐漸增多，但對這種新型的文學批評樣式作正式的研究，書評研究可以説是拓荒之作。書共八章：一、序論；二、書評家；三、閲讀的藝術；四、批評的基準；五、批評的藝術；六、書評的寫作；七、書評與讀書界；八、附録。此書的核心思想是，書評是有益於社會的嚴肅工作，書評家是具有特殊身份的知識者，代表讀者的鑒定者，文化生産的監督人，而不是庸俗、獻媚的商業廣告商。如：「一切批評都必須基於清澄的理解。批評的公允實即理解深澈的反映。」「書評家寧可改業廣告，永不可用批評的地位作兜售的營生。」「對讀者他服務，却也不侍奉如奴隸。他把讀者看成智力的平等者。他並不武斷地强迫讀者接受他的意見，也不賣弄學問如一塾師。讀者的好惡是受風氣支配的，但他不追隨那風氣，他不固執，却有信仰。」無疑，即使在今天，書評研究仍然有牠的現實針對性和意義。

清代詞學概論，上海大東書局一九二六年出版。其作者徐珂生於一八六九年，卒於一九二八年，爲光緒舉人，袁世凱天津小站練兵時的幕僚，一九〇一年任上海外交報、東方雜誌編輯，後爲商務印書館編輯，其所編纂的清稗類鈔是享譽學林的文史巨著。

清代詞學概論共七章：一、總論；二、派別；三、選本；四、評語；五、詞譜；六、詞韵；七、詞話。作者雖入民國，而其傳統文化教養的底色，濃郁深厚，迥非後來人可比。故此書行文，爲優美洗練的文言，而其對清詞演變脈絡的勾勒，代表性詞人的品評，乃至資料的選録等，都有「個中人」的真知灼見，可謂言簡意賅，高屋建瓴，非後來研究者搬弄西洋「範式」敷衍成文者可及。無疑，此書可列入「學術經典」的行列，不像本選集大多數作品具「過渡轉型」之身份色彩也。

如清代詞學概論評騭「清初之詞」的代表作家，「最著者」爲朱彝尊、陳維崧，「兩人並世齊名」，而前者「情深，所作詞高秀超詣，綿密精美，其蔽爲餖飣」；後者「筆重，所作詞天才艷發，辭鋒橫溢，其蔽爲粗率」；「繼之而起名重一時者，實惟納蘭容若。門第才華，直越北宋之晏小山而上之，其詞纏綿婉約，能極其致，南唐墜緒，絶而復續」。再如説清詞之派别：「有清一代之詞，有二大别：一浙派，一常州派，亦猶散體文之有桐城陽湖二派也。」這些基本的定位，都成了後來各種文學史、清詞史祖述的圭臬。再如書中説到「才人之詞」、「學人之詞」、「詞人之詞」的三分法，也直搗黄龍，揭示本質，對後世影響深遠。

韓柳文研究法著者林紓生於一八五二年，卒於一九二四年，堪稱是一位清末民初的文化奇人。他是桐城派散文的殿軍，一點不懂西洋語言文字，僅憑聽人口述，把一百八十多種西方小説翻譯成漢語，成爲向古老中國介紹西方文學的開山人。「林譯小説」，曾經是好幾代人的最愛，用文言表述的漢譯西方小説，成了中西文化交流史上一道奇异的瑰彩。

韓柳文研究法亦是文言文著作，對韓愈和柳宗元的多篇古文逐一評論，細緻深入，作者所持觀點立場，則完全是傳統的儒家思想體系和桐城派衡文的法眼，完全不見西學影響的痕迹。此亦可見所謂民國時段之文化形態，新舊雜陳，多元豐富也。

前有馬其昶（一八五五——一九三〇）短序，馬氏乃桐城派後勁，清史稿之「儒林」、「文苑」卷總纂。其序説與林紓「同客京師，一見相傾倒，别三年，再晤，陵谷遷變矣。而先生著書談文如故，一日出所謂韓柳文研究法見示」。所謂「陵谷遷變」，即指清朝滅亡而民國建立，韓柳文研究法於一九一四年由商務印書館出版，則此書或峻稿於清季。馬其昶贊美林紓「於史漢及唐宋大家文，誦之數十年，說其義，玩其辭，醰醰乎其有味也」。林紓於韓愈、柳宗元的古文沉浸涵泳，所謂「韓氏之文，不佞讀之二十有五年」，則其所得所會，自然和後來接受了西方文藝思想的研究者，無真賞而僅「分析批判」所見大爲不同。

如林紓這樣評析韓愈的文章寫作技巧：「韓氏之能，能詳人之所略，又略人之所詳。常人恒設之籬樊，學韓則障礙爲之空。常人流滑之口吻，學韓則結習爲之除。漢所謂摧陷廓清者，或在是也。」「韓文能抑絕掩蔽，不使自露。不佞久乃覺之。……不善學者，往往因蔽而晦，累掩而澀。……所難者，能於掩蔽中，有淵然之光、蒼然之色，所以成爲昌黎耳。」

再如評柳宗元：「柳州段太尉逸事狀，與昌黎張中丞傳後敘，均洋洋有生氣，亦皆良史之才也。不佞甚惜柳州不爲史官，其寫忠義慷慨處，氣壯而語醇，力偉而光斂，可稱極筆。」「若公在永州，一荒昧不辟之區，必待糞除，其勝始出。是永州之勝，均係諸公之一言。則非極力描摹，山容水態，亦不易流傳於藝苑。集中諸文皆佳，而山水之記，尤爲精絕，雖大同小异，然各有經營。韓公猶望而却步，何論其他。」

文學論略，章太炎著。章太炎生於一八六九年，卒於一九三六年，太炎是號，名炳麟，在小學（語言文字學）、歷史、哲學、政治方面都有卓越貢獻，乃近代的國學大師。我的業師姚奠中先生是章先生最後招收的研究生之一，把對文學論略的評介作爲這一個系列學術著作的「收官」，格外具有意味。

文學論略首發於一九〇五年的四川學報（未完），一九二五年上海的群衆圖書公司出版，一九二六年再版，後來又成爲國故論衡的一部分。文學論略前面有胡適的一篇序，其中的一些話很有意味：

這五十年是中國古文學的結束時期。做這個大結束的人物，很不容易得。恰好有一個章炳麟，真可算是古文學很光榮的結局了。章炳麟是清代學術史的押陣大將，但他又是一個文學家。

他是能實行不分文辭與學説的人，故他講學説理的文章都很有文學的價值。

但他究竟是一個復古的文家。他的復古主義雖能「言之成理」，究竟是一種反背時勢的運動。

總而言之，章炳麟的古文學是五十年來的第一作家，這是無可疑的。但他的成績只夠替古文學做一個很光榮的下場，仍舊不能救古文學的必死之症，仍舊不能做到那「取千年朽蠹之餘，反之正則」的盛業。他的弟子也不少，但他的文章却沒有傳人。

文學論略開宗明義：「何以謂之文學？以有文字，著於竹帛，故謂之文；論其法式，謂之文學。凡文理，文字，文詞，皆謂之文；而言其采色之煥發，則謂之彣（讀『文』，文采之意）」。這裏的核心思想，即文、史、哲不作絶對區分的「文學」觀念。而這一點，正是中國文化的根蒂，與西方講究分科別類的「科學」文藝學大異其趣。從表面看來，如胡適所批評，章太炎的這種文學觀是「復古主義」，「反背時勢」。胡適在序言結尾説：「章炳麟在文學上的成績與失敗，都給我們一個教訓。他的成績使我們知道文學須有學問與論理做底子，他的失敗使我們知道中國文學的改革須向前進，不可回頭去。」

以五四新文化運動爲起始標誌的「白話文」運動，正是沿着胡適的主張發展前行的，魯迅的「拿來主義」主張也主宰了整個二十世紀的中國文學和文化的走向。我們所評介的民國學術著作，絶大多數也體現了這個方向和主旨。但問題並不是單一的，歷史也是復雜的，如今我們回顧反思，在肯定胡適所説「改革必須向前，不可以回頭去」的歷史合理性一面的同時，也必須正視章太炎的文學主張，藴含有更深層的中國傳統文化之精義奥旨，而且隨着人類文化在二十一世紀出現的困境，越來越具有啓示意義。單從對文學的認識來説，章太炎標榜的文、史、哲大會通的中國傳統文化的根本立場，也是有其文化深刻性和現實針對性的。

因此，對民國長達四十年時段的學術著作及其體現的思想方向，也不能簡單化地對待，忽視其所體現的歷史走向必然性與新價值的合理性是不對的，過分拔高推崇也有所偏頗。畢竟，那是一個「過渡」、「轉型」的時期，其多數學術文化著作也必然帶有「過渡」、「轉型」的色彩，是「進行時」和「未完成時」，距離「經典」尚有距離。從戊戌變法到辛亥革命到五四運動，一直到一九四九年，泛民國時段（包括其醞釀鋪墊時期）之中國現代化歷程從肇始而前行，歷經曲折，其激烈變化之歷史空隙中艱難産生的學術文化，有其大膽引進勇敢開拓而攝人心魄的一面，也有其嘗試而稚嫩、外來與傳統磨合不甚相契的一面。近世之社會轉型文化轉型乃大勢所趨，民國的學人們做出了艱苦的努力和卓越的貢獻，如何能在吸取世界其他文明滋育的同時，又能使中國傳統文化精粹得以恢弘發揚，再造輝煌，此正民國以來直至今日，中國知識界文化界苦苦思索探尋而歷久彌新之時代課題！

正是在這個意義上，民國的學術著作，這些體現了當日中國文化精英思考、研究、探索中國的社會與國家之現代化轉型的成果，其中的材料等或已經是舊痕陳迹，而其所思考的問題，所探索的思路，所提出的設想，以及這些著作本身的種種成就和不足，對於今天的中國現實，仍然具有攻錯借鑒的意義。他山之石，可以攻玉，何況此本非他山之石，正我山自有之石乎！

欲滅其國族，必先滅其文史。民族的歷史，特别是文化史、思想史、學術史，誠乃一國一族之精魂慧命之所在所基。當年日本侵略者之所以轟炸商務印書館與東方圖書館者，正深諳此理也。而商務印書館鳳凰涅槃浴火重生之艱苦奮鬥，亦未稍懈於斯。

民國語文，也在「轉型」途程中，這些學術著作的文風，大多是一種「尚存文言痕迹的白話文」。今天的青年讀者閲讀起來，也許會有异樣的感覺，但也可謂别具一種風味。而此二十三種著作的作者，絶大多數爲南方人，如浙江、江蘇、湖南、福建等省份，這些著作又大都在上海出版，由此亦可見民國時期文化發展的大情勢。這二十三種著作的二十位作者，當其撰寫著作之時，應該説彼此質素、學養都相差不遠，而其後之發展結局，則有的著作等身成爲大家大師，有的則後勁不足而逐漸湮滅少聞，固然各人機遇運會不同，而個人心志的堅持和努力之有無强弱，無疑是最主要的因素。對今日之學人特别是青年，不也很有啓發意義嗎？

潛入歷史的塵霾中排沙簡金，而選擇出此二十三册著作，並非筆者所爲，因而對此種簡選是否即能代表民國時期文學研究的大體大略，實亦不敢斷言，滄海遺珠或在所難免。而忝膺爲此編叢書作序的重任，惶恐之意，自不待言，管窺蠡測，亂彈胡侃，尚祈盼海内外方家不吝指教。但披閲這些先賢的著述，恰如驀然回首，向幽深的夜，重新點燃支支老紅燭。「紅燭啊！是誰制的蠟——給你軀體？是誰點的火——點着靈魂？」（聞一多紅燭）

點點燭光，明輝熠熠，回顧往昔，瞻望將來，道一聲：願我們的中國，鑒古灼今，發揚傳統精華，吸取五洲營養，漸進改革，持續開放，醒獅昂首，闊步奮行，前程佳美！

二〇一四年四月一日於大連

作者簡介

林紓（一八五二年—一九二四年），近代文學家、翻譯家。福建閩縣（今福州市）人。光緒八年（一八八二年）舉人，考進士不中。二十六年（一九〇〇年），在北京任五城中學國文教員。所作古文，爲桐城派大師吴汝綸所推重，名益著，因任北京大學講席。辛亥革命後，入北洋軍人徐樹錚所辦正志學校教學，推重桐城派古文。一八九七年夏，受留法歸來的王壽昌啓發，開始與別人合作譯書。在數十年的翻譯生涯中，共譯述了一百八十餘種（共約一千二百萬字）西洋小説，其中包括世界名著四十餘種。作爲一位系統地向國内介紹外國文學的創始人，在近代中國文壇上影響甚大。

韓柳文研究法序

今之治古文者稀矣畏廬先生最推爲老宿其傳譯稗官雜說徧天下顧其所自爲者則矜愼斂遏一一根諸性情劬學不倦其於史漢及唐宋大家文誦之數十年說其義玩其辭醰醰乎其有味也往與余同客京師一見相傾倒別三年再晤陵谷遷變矣而先生之箸書談文如故一日出所謂韓柳文研究法見示且屬識數言世之小夫有一得輒祕以自矜而先生獨舉其平生辛苦以獲有者傾囷竭廩唯恐其言之不盡後生得此其知所津逮矣雖然此先生之所自得也人不能以先生之得爲己之得則仍誦讀如先生焉久之而悠然有會乃取先生之言證之或反疑其不必言然而不言則必不能久誦讀如先生決矣故先生言之也人之得不得於先生何與乃必傾囷竭

廩唯恐其言之不盡嗚乎同類之相感相成其殆根於性情亦有弗能自已者乎桐城馬其昶序

韓文研究法

韓氏之文。不佞讀之二十有五年。初誦李漢之言謂公之于文。摧陷廓清之功。比于武事。可謂雄偉不常者矣。心疑其說之過。既而泛濫于雜家。不惟于義法有所未嫺。而且韓文之所不屑者。則煩絮而道之。韓文之所致意者。則簡略而過之。有時故作興會。而韓之布陣不如是也。有時謬爲拗曲。而韓之結搆不如是也。實則韓氏之能。能詳人之所略。又略人之所詳。常人恆設之籬樊。學韓則障礙爲之空。常人流滑之口吻。學韓則結習爲之除。漢所謂摧陷廓清者。或在是也。

蘇明允稱韓文能抑絕蔽掩。不使自露。不佞久乃覺之。蔽掩昌黎之長技也。不善學者。往往因蔽而晦。累掩而澀。此弊不惟樊宗師。卽皇甫持正亦恆蹈之。所難者。能於蔽掩中。有淵然之光。蒼然之色。所以成爲昌黎耳。雖然。明允能識昌黎爲蔽掩。而明允之文固非蔽掩者也。吾思昌黎下筆之先。必唾棄無數不應言與言之似是而非者。則神志已空。定如山嶽。然後隨其所出。移步換形。只在此山之中。而幽窈曲折。使入者迷惘。而按之實理。又在在具有主腦。用正眼藏。施其神通以怖人。人又安從識者。

淮海文字。亦饒有風概。顧終不能成爲大家。其論韓文。謂能鉤莊列。挾蘇張。摭遷固。獵屈宋。折之以孔氏。其論去李漢遠矣。韓文之摭遷固。容或有之。至鉤莊列。挾蘇張。可決其必無。昌黎學術極正。闢老矣。胡至乎鉤莊列。且方以正道匡俗。又焉肯拾蘇張之餘唾。淮海見其離奇變化。謬指爲莊列。縱橫引伸。謬指爲蘇張。詎知昌黎信道篤。讀書多。析理精。行之以海涵地負之才。施之以英華穠郁之色。運之以神樞鬼藏之祕。淮海目爲所眩。妄引諸人以實之。又烏知昌黎哉。

讀昌黎五原篇。語至平易。然而能必傳者。有見道之能。復能以文述其所能者也。宋之道學家。如程朱至矣。問有論道之文。習誦于學者之口者耶。亦以質過于文。深于文者。遂不目之以文。但目之以道。道可喩于心。不能常宣之于口。故無傳耳。昌黎於原道一篇。疏濬如導壅。發明如燭闇。理足于中。造語復衷之法律。俾學者循其塗軌而進。即可因文以見道。黃山谷曰。文章必謹布置。每見後學。多告以原道命意曲折。後以此槩求古人法度。如老杜贈韋見素詩。布置最得正體。如官府甲第。廳堂房室。各有定處。不可亂也。須知文之不亂。恃其有法。始不亂也。昌黎生平好弄神通。獨于五原篇。沈實樸老。使學者有塗軌可尋。故原道一篇。反覆伸明。必大暢其所蓄而後止。原性具萬古之特見。折衷于孟軻荀卿揚雄三子之論。獨標眞藴。其警快處。能使人首肯其說。其援引處。能使人堅信其說。原毀則道人情之所以然。曲曲皆中時俗之弊。公當日不見直于貞元之朝。時相爲趙憬、賈耽、盧邁、咸不以公爲能。意必有毀之者。故婉轉敍述毀之所以生。與見毀者之所以被禍之故。未嘗肆詈而惡薄之人情。揭諸篇端。一無所漏。所贈序與書多不平語。而此篇獨沈吟反覆。心傷世道。遂不期成爲至文耳。原人括。原鬼正。均足以牖學者之識力。

昌黎雜著。自五原迄于諸篇。體制皆類子書。而不佞所最心折者。爲對禹問。爲說馬。爲獲麟解。爲進學解。爲諱辯。爲伯夷頌。

禹之傳子異于堯舜。故萬章一問。孟子委之於天。實則天與賢則與賢。天與子。則與子。一說。意正而語尚未得根據。公獨曰。舜不能以傳禹。堯爲不知人。禹不能以傳子。舜爲不知人。待人而傳。無論人也子也。惟賢而已。自有此語。

立將公私畛域。一語打通。而又防禹後之有桀。天下實受其亂。則又爲之補義曰。禹之後四百年。然後得桀。亦四百年。然後得湯與伊尹。湯與伊尹不可待而傳也。不可待而傳。傳啓亦等諸傳賢。初無二致。于文字則至明豁。于道理又甚切實。迨結束又聲明孟子所以歸本于天之故。實則文字到此。已志滿意得。別無剩義可求矣。

說馬及獲麟解。皆韓子自方之辭也。說馬語壯。言外尙有希求。解麟詞悲。心中別無餘望。兩篇均重在知字。篇幅雖短。而伸縮蓄洩。實具長篇之勢。說馬篇入手。伯樂與千里馬對舉成文。似千里馬已得倚賴。可以自酬其知。一跌落伯樂不常有。則一天歡喜。都凄然化爲冰冷。且說到駢死槽櫪之間。行文到此。幾無餘地。可以轉旋矣。忽叫起馬之千里者五字。似從甚敗之中。挺出一生力之軍。怒騎犯陣。神威凜然。既而折入不知其能句。則仍是奴隸人作主。雖有才美。一無所用。興致仍復索然。至云安求其能千里也。安求二字。猶有須斯生機。似主者尚有欲得千里馬之心。弊在不知而已。苟有道以御馬。則材尚可以盡。意尚可以通。若但抹煞一言曰。天下無馬。則一朝握權。懷才者何能與抗。故結穴以歎息出之。以眞無眞不知相質問。既不自失身分。復以冷雋語折服其人。使之生媿。文心之妙。千古殆無其匹。至於獲麟一解。格同。而行文則微有不同。古有知馬之伯樂。無知麟之伯樂。且馬有羣。伯樂不過于羣中別爲千里之馬。麟無羣。可以不待別而知爲麟。至於不待別而知者。而仍不知。則麟之遇蹇矣。此昌黎所由用以自方也。入手引詩書春秋傳記百家之書。皆知爲祥。用別于千里馬之徒賴一伯樂。似天下有普通共識之賢士。無可疑者。顧以不畜于家。不恆有于天下之故。凡賤眼中盼眄不到。其所宿知而素稔者。馬牛犬豕之屬。見得天下皆凡材。無殊特之彥。故雖有麟。而仍不知。行文至此。爲勢頗促。以下亦無餘語。作者忽從俗人眼中之知拈來。自己較量。謂汝所知者。我亦皆知。唯麟也。爲我之獨知。不能盼爾之知。爾之所謂不祥。正我私心之所謂祥。亦詩書春秋之所謂祥。縱俗中指爲不祥。亦復何害。用亦宜二字。似爲收煞之筆。忽曰。麟之出。必有聖人在乎位。此聖人卽屬知馬之伯樂。然伯樂與聖人。皆不常有之人。而昌黎自命則不亞麟與千里馬。千里馬不幸遇奴隸。麟不幸遇俗物。斥爲不祥。然出皆非時。故有千里之能。抹煞之曰無馬。有蓋代之祥。抹煞之曰不祥。語語牢騷。卻語語占身分。是昌黎長技。

進學一解。本于東方客難。揚雄解嘲。孫可之比諸玉川子月蝕詩。謬矣。月蝕詩。旣沈黑牽拗。讀之棘齒。進學解則所謂沈浸濃郁。含英咀華者。眞是一篇漢人文字。李華有其氣。然微枵。蕭穎士有其韻。然微脆。昌黎所長在濃淡疏密。相間錯而成文。骨力仍是散文。以自得之神髓。略施丹鉛。風采遂煥然于外。大旨不外以己所能。借人口爲之發洩。爲之不平。極口肆詈。然後製爲答詞。引聖賢之不遇時爲解。說到極謙退處。愈顯得世道之乖。人情之妄。只有樂天安命而已。其驟也若盲風澀雨。其夷也若遠水平沙。文不過一問一答。而啼笑橫生。莊諧間作。文心之狡獪。歎觀止矣。

諱辯一首。已見之文章流別。今不具論。唯伯夷一頌。大致與史公同工而異曲。史公傳伯夷。患己之無傳。故思及孔子表彰伯夷。傷知己之無人也。昌黎頌伯夷。信己之必傳。故語及豪傑不因毀譽而易操。曰今世之所謂士者。一凡人譽之。則自以爲有餘。一凡人沮之。則自以爲不足。見得伯夷不是凡人。敢爲人之不能爲。而名仍存于天壤。而已身自閒。亦特立獨行者。千秋之名。及身已定。特借伯夷以發揮耳。蓋公不遇于貞元之朝。故有託而洩其憤。不知者。謂爲專指伯夷而言。夫伯夷之名。孰則弗知。寧待頌者。讀昌黎文。當在在于此等處着眼。方知古人之文。非無爲而作也。退之釋言篇蓋取國語驪姬使奄楚以環釋言謂以言自解釋也。昌黎用此釋讒者之言。然是時宰相爲鄭絪。爲李吉甫二人非能貴退之者。亦非能禍退之者。退之此文。則敬愼茂密。意氣恬靜。無平昔崛强之氣。鄙見讒者設言。甚肖退之之自言。謂相國豈眞知我宛類退之平日口吻。讀昌黎與崔立之書。謂肯與斗筲者決得失于一夫之目。而爲之憂樂一語。則退之心中。不必推服鄭絪。可想而知。顧讒者既有是言。置之不辯可也。既欲辯之。則不能不費周章。文敍左遷之先收用。同見之先賜坐。呈文之獨受知以感恩之言。堅宰相之信己。不敢爲傲也。又言傲者必有所恃。而已親族鮮少。無扳聯之勢。不善交人。無相先相死之友。又無宿貲蓄貨以釣聲勢。純是一派俗話。冀宰相哀憐。蓋識鄭絪爲勢燄中人。不如是。不足以動之也。繼亦知讒者言工。肖己口吻。萬無可伸辯。則自信宰相之決不傾聽。用自慰藉。實則退之之文雖工。至此亦無可如何矣。累月之後。聞裴李亦中讒言。心乃愈懼。又不知讒者之用何道。辯亦無術。只有以譽鄭絪之言。進譽裴李。究竟中心積忿。故歸而痛斥讒人。復防怒讒而傷及三賢。于是復綜言三賢之決不聽讒。以自解釋。結束處用空中樓閣。代宰相翰林商量己事。實則此三人全非退之知己。方自營仕進之不暇。奚暇及此區區者。就文論文。極和婉有致。無中生有。微合于邦無道言孫之義。

張中丞傳後敘。蓋仿史公傳後論體。采遺事以補傳中所不足也。如背誦漢書。記城中卒伍姓名。起旋。慰同斬者之涕泣。事近繁碎。然爲傳後補遺之體則可。引爲張巡傳中正事。則事更有大於此者。李翰書正坐太繁。極爲歐陽文忠所譏。然退之此文。歷落有致。夾敘夾議。歐陽公述王鐵槍事。殆脫胎于此。

書記極生峭。却最易學。如羅漢渡海。龍生請齋圖記幾于無語不肖。顧依樣葫蘆。肖亦何益。本文初無他奇。奇在兩用凡字。一用皆字。實庸手所萬不能到。入手叙人。其次叙馬。又次叙雜畜器物。若無所收束。直是一卷賬本。何名爲記。文合以上之人馬。最之曰。凡人之事三十有二。爲人大小百二十有三。莫有同者焉。夫人有事也。馬屬於人。尚有何事。乃以牽涉翹顧鳴寢諸態。爲馬之事。復最之曰。凡馬之事二十有七。爲馬大小八十有三。而莫有同者焉。文心之妙。能舉不相偶之事。對舉成偶。眞匪夷所思。惟人馬之外。尚有雜畜及兵仗之屬。此不可凡者也。乃總束之曰皆。曲極其妙。歸入畫工好處。即爲記中之結束。學文者。當從此處著眼。方有把握。若但學其字法句法。殊皮毛耳。胡曰善學。

凡不親其地代人作記。爲事甚難王子安序多失實。所謂西山。僕曾一見之。隱然一小山耳。水落沙明。所謂長天一色者。亦屬目可盡。且沙上多蓋小屋。杉木積疊商舶攢聚。人聲囂雜。想滕王舊時之風景盡矣。然讀子安之文未嘗不爲之神爽。當昌黎刺袁州時。王仲舒適觀察江南西道。卽今之南昌。滕王閣本可立至。既爲王所屬作記。若寫江上風物。度不能超過子安。故僅以不至爲塞責。一曰繫官於朝。顧莫之遂。再曰便道取疾。以至海上。又不得過南昌。三曰吾州乃無一事可假而行者。舍滕王閣外之風光。述觀察新來之政蹟。與修閣之緣起。力與王勃之序、王緒之賦相避。自是行文得法處。後此歐陽永叔爲史中輝記峴山亭。尹師魯爲燕公亦記峴山亭。蘇子美爲李然明記照水堂。蘇子瞻爲黎希聲記遠景樓。其辭雖異。大意略同。

退之鄆州谿堂詩序。長安薛氏有皇甫湜手帖云。鄆塘特高古風。敵樹降旗。

而作者之下。何人能及矣。鄆塘者。卽鄆州谿堂也。此文骨髓之重。風貌之古。名曰詩序。直是馬摠之德政碑。此爲元和十四年。平盧都知兵馬使殺節度李師道以降。青淄十二州皆平。戶部楊侍郎於陵爲宣慰使。分其地爲三道。摠所統者。鄆杳濮也。堂作于幽鎭魏徐煽亂之後。鄆獨不反。遂封摠開國伯。摠爲堂於其居之西北隅。號曰谿堂。夫一堂之築。與時政一無關係。而退之獨從其大處著眼。首舉天平軍。示州之無叛人也。州人安公。明摠之能撫衆也。曰成。曰定。曰固。曰靖。則摠信之能措此州于磐石也。而又不已。更用幽鎭魏徐之同時而叛。以形鄆之截然中居。而鄆之舊治。復五十五年爲虜巢。而摠直安居以治之。逐層敘述。甚與堂無涉。不知能使此一方治平。卽可以爲堂娛樂之張本。歐公作晝錦堂記。入手卽顧題。東坡作喜雨亭記。因百姓得雨而吾亭適成句。天然入題。讀者動色。退之則一不須此。只就題前敘摠忠概政績。其力量。皆可爲堂以娛賓饗士。通上下之志。而風度之凝遠。氣體之嚴重。聲調之激越。直可作碑版文字讀之。詩亦全用散文。驅駕之法。較元和聖德詩。火色稍減。雖以荆公之拗折。學之亦不能至。宜多讀以領取其聲韻。諍臣論甚切直。然能易爲與書。則善矣。

與書一體。漢人多求詳盡。如司馬遷之報任少卿。李陵之答蘇武。是也。六朝人。則簡貴。不多說話。前淸考訂家。則務極穿穴。幾于生平所知所能。盡于書中發洩。亦由與書體竟。匪不消納。儘可惟意所嚮。獨昌黎與人書則因人而變其詞。有陳乞者。有抒憤罵世而呑咽者。有自明氣節者。有講道論德者。有解釋文字。爲人導師者。一篇之成。必有一篇之結構。未嘗有信手揮灑之文字。熟讀不已。可悟無數法門。

昌黎三上宰相書。極爲張子韶所譏。鄙見自戰國及漢初。上書言事者。或藉以進身。比比而是。不足深異。吾特惜昌黎之書。陳義過高。非趙憬賈耽盧邁輩所及知。必駭笑爲迂濶而置之。蓋與常人言。當動之以利害。若以古義相責。良非時宰所及。昌黎第一書。屢引經義。行文微病繁瑣。惟云上之化下。得其道則勸賞不必徧加乎天下。而天下從焉。因人之所欲爲。而遂推之之謂也。此直上聖之作用。謂趙憬賈耽盧邁能之邪。其後迴環往復。引伸勸賞不必徧加之義。望三人以相君之道。氣雖壯而言實紆。宜三子之更不入也。第二書則情切而勢迫矣。語雖沈痛。仍不能動者。以第一書不足搗入其心坎。則第二書直視爲佞哀詐泣之言。至第三書鬱怒之氣微泄言表。此更觸其忌。顧昌黎此時。亦只能作如此收煞。固不取顯然觝觸。故留餘波爲三宿出晝之戀耳。昌黎時方二十八歲。文字稍縱。不如晚年之凝斂。但觀解釋菁菁者莪詩義。至二百餘字之多。蓋可知矣。

昌黎懷才不遇。間有人叩以文章。則昌黎報書。其語必與仕進相關係。其與孟東野書。說到自己。著眼在一樂字。說到東野。著眼在一悲字。言無倡所以無和。倡無和。所以獨行。身既獨行。則當世之是非。遂不爲一己之是非。且不說到道字。而抱道自高。不爲時賞。又胡能言樂。矧東野之行古道。當更不宜于今世。明明爲道悲。偏言爲東野悲。悲東野之道不行。卽悲己之道不行。寄道字于東野身上。因東野而自悲。分外尤見親密。答竇秀才書。則公方于貞元十九年貶陽山令。滿懷牢騷。無處發洩。而竇公時適以此至縣請粟。告以身勤事左。辭重請約。見得凡能文抱道之人。至惴惴無以冀朝夕。似文與道均不祥之物。身既坐廢窮困。益之以罪。秀才來請。又奚爲者。一面說朝廷求賢。一面說當道皆良有司。然爵位之上用一鉤字。則朝廷之求賢可知。良有司之衡才又可知。褒詞與貶詞。分作兩橛用法。使讀書者。解悟其用意。此巧於用扼字法也。答尉遲生書。與此同一機軸。通篇注重在古之道。不足以取信於今一語。而今字尤重。今之賢公卿大夫。及今始進之賢士。彼此相得。必另有一種投合之氣味。上頭用賢字。下頭用彼字。試思彼其得之。必有以取之。是好語否。趣生往問。正是阻其往問。故末二句發明。若非仕之謂。則愈嘗學之矣。公然將賢公卿一筆抹倒。此等冷嘲隱刺。是昌黎長技。答崔立之書。尤狠狠於吏部一試。公貞元八年第進士。至是三試吏部不售。詞意較前數書稍吐露。始斥賦詩策之不足憑準。繼又斥宏詞科之不足憑準。雖以屈孟二馬揚雄之才。猶不免於落第。況屬己身。弊在同入蒙昧之中。與斗筲者競得失於一夫之目。此所以無倖。將有唐科舉之學。罵到一錢不值。其下亦實無可奈何。一障之乘。耕釣之事。特解嘲語。本意在作史。仍是欲以文章自見。吐其前此爲蒙昧所屈抑之氣。通篇無一語不是昌黎本色。答胡生書。筆力備極伸縮。力量最大。奇巧百出。且吞咽無窮血淚於胸臆中。機杼都非唐宋大家所有。已論之要言中。茲不更贅。答馮宿書。則憂讒畏譏之意。多於嫚罵。而時用淺深陪墊之筆。前半似引過。而又不自承過。復以人之不滿己。即用爲己過。（如文中雖無以獲罪于人亦有以獲罪于人者）本已推得乾淨。然又原所以得過之故。剋己自下。待不肖者尚不敢嫚。況在時尚自問可告無罪。而猶不免於謗詈。到此眞無可如何矣。語似溫婉。按之。却至倔强。試問前此有造廬未嘗與坐之人。今雖降心加禮。亦必有不足之色。且所謂時尚者。即不肖之尤。强與周旋。斷無一合。文之外象。是一篇悔過之書。其實昌黎身分。不曾分毫貶損。仍是一副牢騷肚皮。諸如此類。能細心體驗。古人之用心自見。

昌黎上留守鄭公啓。袁子才曾襲以杖旗丁。鄙見昌黎本有執法之心。方杖留守之軍人。繼始以書伸辨。子才胸中本有一篇駢體之文。故答旗丁。用以發洩其才藻。昌黎劈頭便言。事大君子當以道。已有千觔力量。攩他責備。不必爲叚秀實之戴頭而來。其下受容受察。不復進謝。眞忼爽好男子語。惟一味直率。又近脅制。因復爲和婉之詞。並疏軍人之罪狀。又言罪在軍人哮噬之非。不必留守軍法之弛。曲意爲鄭公迴護及叙鄭公有追捕之舉。則復以大君子責望之。使之歸於正道。至此。神色又復毅然。結穴言。視去一官不啻唾涕。守官去官。惟今日指揮。終始不屈。宜其後此能以正論折王庭湊也。此文最直最正。而進退作止。尤步步有法。

張籍兩書。實以道統期退之。故斥退之喜博塞。及爲交雜之說。且排佛老、亦不能著書若孟軻揚雄。以垂世云云。公第一書中。不知者以僕爲好辨下數語。用筆伸縮。至可尋迹。辨是口說。因口說而化或有其人。因口說而疑頑且加倍。口說之不入。倘且如此。而冥冥萬年。欲賴此傳述之書。其可信其必從邪。此明不能著書之意。極爲明晰。於是再抉透一層。謂不著書。不是愛力。力所未至。有書亦不可恃。其待至五六十年者。謙詞也。文質樸中。却極流轉。至張籍第二書。斥駁加厲。大意謂因說之不入而止爲書。聖人之道。將無傳。若待五六十年而有所爲。則或有遺恨。此恐退之不及六十而死也。又言揚雄輩。咸自作書。欲待弟子之傳孟軻。必不可冀。云云。此書頗難復。而昌黎之第二書。精神亦倍加於前書。首引春秋之成書。出自孔子身後。而道仍傳。則不必死後留有遺恨。今所以不卽爲書者。梗於公卿相輔之信佛書。卽早出。亦必招人毀詈。並有殺身之禍。苟不有弟子之相守而傳。亦萬無獨存之理。且成書易傳亦不遠。果道可及身而行。亦無所爲書。身果不死。不惟道可行。而書亦且立就。不必戚戚也。論道之文。本易流於陳腐。看他磊落說來。堅定精確。辨駁處無激烈之詞。自信中含冲和之氣。語顯然以道統自命。骨重神寒。

歐曾不能及也。

昌黎論文書。不多見。生平全力所在。盡在李翺一書。呂居仁亦盛稱此書。爲得文中養氣妙處。今味之。良信。自無望速成。無誘勢利起。至其言藹如也。爲一段。是取法上。擇術端。到文字結胎後。生出意境。已成正宗文派。然而非易也。自始者。非三代兩漢之書不敢觀。非聖人之志不敢存。至戛戛乎其難哉。又一段。此則論取材。論立志。論用心。論洗伐之功。漸漸入微。雖不見知於人。而用心仍不懈。於是火候至矣。自識古書之正僞。至然後浩乎其沛然矣。又一段。是大丹將成之候。虹光四射。而箇中逐一得微妙之訣法。隱隱體驗。無一不合丹經。於是放手爲之。無復鑪破丹飛之患矣。吾又懼其雜也。至終吾身而已矣。又一段。是七十從心所欲不踰矩工夫。行仁義。游詩書。不是大言。是立言到此地位。自然力臻上流。道之無止境。猶文之無止境。言終身。是昌黎不欺人之語。氣。水也。言。浮物也。至言之長短。聲之高下。皆宜句。此一段。是另起。不是無迷途無絕源後工夫。教人領氣要訣。無妙於是。以下所言。昌黎信己文之成功。不能成功。後之必見知於人。皆平日口頭語。與論文無涉。至與馮宿書。亦非論文。仍是牢騷。小慚小好。大慚大好。說得酸甜自得。非論文之極處。莫得有是語也。古來苦心爲文之人。務極張皇幽渺。果一出而人人知之。則尋常不爲文者之眼光。皆能窺到天奧。而專心殫慮於古文者。亦何所貴。作者不蘄人之知。是眞能古文者語。當日平淮西一碑。果有人知。亦不至易以段作矣。

愚嘗謂驗人文字之有意境與機軸。當先讀其贈送序。序不是論。卻句句是論。不惟造句宜斂。卽製局亦宜變。贈送序。是昌黎絕技。歐王二家。王得其骨。歐得其神。歸震川亦可謂能變化矣。然安能如昌黎之飛行絕迹邪。

昌黎集中銘誌最多。而贈送序次之。無篇不道及身世之感。然匪有同者。今擇其鍼線之可尋者略爲詮解如左。不敢自謂其眞能知昌黎者也。

送孟東野序最岸異。然可謂之格奇而調變。不能謂爲有道理之文。舉禹咎陶伊尹周公孔子孟軻荀卿與蟲鳥同聲。今人斷無此等文膽。而昌黎公然出之自在游行者。段落分得清楚。則人與物所據之界限自然不紊。若不變其調。亦積疊如纍棋。未有不至於顚墜者。人但見以鳴字驅駕全篇。不知中間只人物分疏而已。入手是說物。由物遂轉及人。由人而寓感於物。因思天不能鳴。亦假氣假物以鳴。猶之人耳。故由天復歸到人之本位。自唐虞句起。直至於唐之有天下。陳子昂。蘇源明。元結。李白。杜甫。李觀。皆以所能鳴。作一停蓄。然後振起存而在下者孟郊東野始以其詩鳴。似有千觔力量。用一語力支以上無數之陪客。讀者無不奪氣結舌。以爲得未曾有。不知亦少有弊病。猝讀之不能卽覺。須知以上所鳴者。或以道。或以術。或以文。初未及詩。陳子昂諸人。正以詩鳴者也。此數人既以詩名。則說到東野。不應用一始字。雖昌黎狡獪。將陳子昂諸人所鳴者。抹去詩字。代以能字。是急救之法。終竟好奇者不能有圓足之道理。及思出能字。固費心血不少。然工夫則在用一存字。見得死者皆能詩之徒。而存而在下者。能詩只有一東野。始字對在下說。亦可敷衍得去。昌黎以後。學者孔多。均屬數見不鮮。學古人當取契神髓。不惟襲其風貌。如此等體。仿傚至難。置之不學可也。

送許郢州序。爲昌黎激射于頔之作。行文最妙。當許仲輿刺郢時。于頔方節制山南東道。郢於山南爲屬邑。頔斂民急。昌黎欲質直諫之。不能爲辭。故借送許之行。以微言感動于頔。夫斂急而逼民爲盜。咎在觀察使。不急其賦。使民蘇息。惠在刺史。然說到刺史有惠。偏曰。惠不可以獨厚。是警醒于頔。勿爲淵敺魚意。斂不可以獨急。與惠不可以獨厚。似對舉成文。同爲譽詞。其實非是。刺史未到州。安得有惠言惠者。望之之詞也。觀察好聚斂。安得不急言不急者。諷之之詞也。序末述及前書之意。得人而託云云。許仲輿本在于頔屬下。似前書亦可爲今日送行之引子。而昌黎乃用報書之言。用堅其說之必行。行文縈覆照應。覺木屑竹頭。皆爲切用之物。行文精處。眞令人莫測。送齊皞下第序。篇法。字法。筆法。如神龍變化。東雲出鱗。西雲露爪。不可方物。讀之不已。則心思一縷。亦將隨昌黎筆端旋繞曲折。造於幽眇之地矣。按齊皞爲宰相齊映弟。映兄弟六人。曰昭。曰旼。曰映。曰皞。曰照。曰煚。登科記。皞實於貞元十一年登第。此序當在貞元七年。齊映爲江西觀察使時。故云出藩於南。而皞亦適於是年下第。序中定局頗難。皞既非貧賤見抑於朝官。特有司引嫌黜免。與劉蕡諸人不同。若爲不平語。則措詞近於詔附宰相。若爲慰藉語。

則又失昌黎平日憤時疾俗之口吻。故劈頭拈一公字立案。目下用一可字定案。視舉黜之當否。卽是可。不以親疏遠邇疑。卽是公。其下可得詳而舉。可得明而去。將兩可字點淸見得非公不可。此治之所以成古也。道衰。卽是去古遠。此間應私字正面。與公字反對矣。然如此說來。又覺直致。文中將舉仇舉子。凌空提起。作公字正面說話。卽爲私字對面映發。於是有司學舉仇舉子之公。而不成。反存不敢舉不敢去之心而成謗。有司白問黜齊皥。是公無私。而自昌黎眼中觀之。直是一團私心。初無公理。違心之行。怫志之言。內媿之名。種種流弊。仍稱曰良有司。直是俗之良有司。非古之良有司矣。又患良字說不透。抹不倒。底下足成二語。言訢不行。謳不起。可見是同流合汙之良。非無擇親疏遠邇之良。可謂極力罵煞。文至此。轉旋已無餘地。在勢宜急入齊皥所以下第之故。而忽作詠歎語。推闡源頭。謂諸人皆無過。過在一私字。

惟其久私。所以成俗。斬釘截鐵。下一斷語曰。以己之不直。而謂人皆然。如此牢固之陋俗。萬無可救。只有知命不惑。用自排遣。明明是臨別贈言落到齊生身上矣。而又掉轉古字。與起筆相關照。謂終不能復古。則生之下第。又何所恨耶。以下敘齊生語。均是知命不惑語。結穴三句。應上復古意。公無私意。知命不惑意。此文之常調。初無奇異。奇處在頓處有字外出力之能。起處有匪夷所思之筆。通篇關合照應。無一處疏懈。所以爲佳。

東坡稱唐無文章。惟昌黎送李愿歸盤谷序而已。實則文之妙處。在愿之言曰四字。一團傲藐不平之概。均出李愿口述。駡得痛快淋漓。與己一些無涉。在昌黎集中。稍近麤豪。然卻易入人眼。宜東坡之稱賞不置也。送董邵南序。其下或有遊河北三字。按新唐書藩鎭列傳序曰。安史亂天下。至肅宗大難略平。君臣皆幸安故。瓜分河北地。付授叛將。一寇死。一賊生。訖唐亡百餘年。

卒不爲王土。據此。則董生之游河北。非昌黎意矣。然昌黎之於董生。不惟有序。而且有詩。集中嗟哉董生行。極言其孝慈感召。至雞哺乳狗。以翼來覆。云云。愛董生至矣。乃以不得志之故。鬱鬱從賊。在理原不宜有序。然既有前詩之褒美。則贈序亦不能不加匡正。若對董生當面罵賊。則文章實無此體。觀其下筆稱一古字。若今之不然可知。疾入董生之不得志。決能相合。相合者從亂也。勉乎哉三字。是提醒意。夫以子之不遇時句。高高叫起慕義强仁之愛惜。是虛虛作陪。疾入燕趙之廣收亡命。是正意。然不坐實燕趙人之善作賊。望其能移易故俗。以就朝廷範圍。外面似褒詞。內中是危詞。以今證古。古既如是。今必加厲。說到此。詞鋒已露。漸漸示以貶詞。乃疾轉一筆。言以生之行卜之。閒閒掩過。復言勉乎哉。是勉其決不可從賊也。又患董生不明其意。將謂仗他此行。感化燕趙澆俗。故憑空提出樂毅。決其必無其人。言念昔時。

則並荆高之徒皆少矣。姑勸其往亦是虛語。試思屠狗之賤。且勸其歸朝。豈有董生之孝慈。轉背朝廷而從賊。樓臺倒影於水光中反照。使之觸目歷歷。不必勸止。而勸止之意。已明明指出。又不十分唐突。眞詞林妙品也。

送浮屠文暢師序。直是當面指斥佛教爲夷狄禽獸。而文暢通文字。却不以爲忤者。此昌黎文字遏抑蔽掩之妙也。文中著眼在一傳字。傳者傳道也。聖人之道有傳。而佛教亦未嘗無傳。然昌黎偏不以傳字許他。言外似謂有所傳之道。卽是人。無所傳之道。卽是夷狄禽獸。命意如此。行文實不如此。觀他文中提筆。言民之初生。固若禽獸夷狄。然是渾淪說話。不辨儒佛。言下分出聖人立教。於是禽獸夷狄。與人始分形而立。說到浮屠。孰爲孰傳。此圖窮匕見。逼人甚矣。而頂筆却推開浮屠。但論禽獸。言禽獸不知道。故易罹害。人知道。故獲安居而粒食。此時仍引浮屠同爲人類。見得前此禽獸二字。不是罵他。顧所以異於禽獸者。能親聖人也。知其所自。卽是醒他溯源於聖人。若不知所自。仍禽獸耳。斥他不知。又將不知二字解脫。不是其人之罪。累擒累縱。一毫不肯放鬆。然後明出正告之意。仍不失儒者身分。令人百讀不厭。

送廖道士序。原可不作。而昌黎志闢佛老。必時時於此等題目著意。此文製局甚險。似泰西機器。懸數千萬斤之巨椎於樑間。以鐵繩作轆轤。可以疾上疾下。置表於質上。驟下其椎。椎及表面玻璃而止。分毫無損也。文自五岳於中州起。至千尋之名材。不能獨當也止。二百餘言。作一氣下。想廖道士讀到不能獨當句。必謂已足以當之。此千萬斤之鐵椎。已近玻璃表面矣。意必有。吾未見六字。卽輕輕將椎勒住。於表面無損分毫。然又防他掃興。卽復兜住。言無乃迷惑溺沒於老佛之學。而不出。似於廖師身上。仍留一線生機。其下率性還他好處。說豈所謂魁奇而迷溺。又將巨椎收高放下。弄得廖師笑啼間作。幾謂得雋卽在言下。忽言廖師善知人。若不在其身。必在其所與遊。此一擲眞有萬里之遠。把以上醲至與會話頭盡化作蜃樓海市。與廖師一毫無涉。此在事實上則謂之騙人。而在文字中當謂之幻境。昌黎一生忠鯁而爲文乃狡獪如是。令人莫測。

送幽州李端公序。是勸戒藩鎭歸朝。意無甚奇特。唯云國家失太平六十年矣。夫十日十二子相配。數窮六十。其將復平。平必自幽州始。按天寶十四年。范陽節度使安祿山反。范陽。幽州也。其年歲在乙未。至元和九年甲午。數窮六十一甲子終矣。此序元和四年二月以後爲之。故云。窨得如此用筆。凡難達之語。匪不達矣。

區册生平無考。或南海一不知名之士。昌黎適貶陽山。空谷足音。不能不獎許之。獎詩書仁義之說。又許之能遺外聲利。讀者不能不疑其濫予。寧知昌黎行文。固有分寸。未嘗爲逾量之言。但觀兩若字。便見文中大有活著。一曰。若有志於其間也。再曰。若能遺外聲利。而不厭乎貧賤也。若者。未定之詞。蓋身處烟瘴之區。與鳥言夷面之人爲伍。一見斯文。自然稱許過當。然仍節節有限制。此所以成爲大家之文。

送高閑上人序。昌黎略有犞心。非正論也。然昌黎惡釋氏至。並其技能亦在在加以貶抑。閑在宣宗時。曾召入對御草聖。遂賜紫衣。閑嘗以霅川白紵書眞草。爲世楷法。其人決非不能書。昌黎文主固內而遺外。似注意於書。卽不應外慕浮屠之學。其上廣引多人。終以張旭。皆主心無兩用而言。轉到高閑。無旭之心。則亦不能有旭之藝。名爲論藝。其意仍主闢佛。觀爲旭有道以下六句。均是俗情力與浮屠之法相反。一說浮屠之心。泊然無所起於世。尤淡然無所嗜。爲書必不能工。顧高閑本有書名。一時亦不能抹煞。許他無象之然。是勉强應付語。其下還他善幻多技能。則吾不能知。非不知也。不屑耳。此篇與廖道士序相較。語稍欠婉轉。然昌黎論書。尙詆羲之爲俗。似非知書中三昧者。其推重張旭。亦非重旭。重旭正所以輕閑耳。

送楊少尹巨源序。入手引二疏。用意特平平。卽七十辭官。亦是恆事。庸手雖說得興會。決難出色。文將二疏事。幷入巨源身上。在空中摩盪。以楊侯去時。與二疏去時。兩兩比較。似無甚高下。却說到丞相愛惜。不絕其祿。又爲歌詩勸行。此事似爲二疏所無。大類管夫人畫竹石。叢竹在前。一石獨歷落而遠。此序事之前後際。部署大有工夫。末段述其還鄉以後。追想前塵。此祕歸震川最爲得之。

送李正字序。通是家常語。而情文最緜麗。由機軸妙也。言李生父子與己之離合。而送李生歸湖南時。己身適在東都。與其父同官。又是客中送客。己大難著筆。無端又牽上局外之周君巢。安頓去留。更難措手。而文偏能於頭緒紛繁中。逐處還淸。並不費力。入手言侍御好客。已伏下後來祿不足養意。所以李生不能不從事於外。以薪贍佐其父款客。此是送李生之正意。顧中間牽涉一個周君巢。與本文無干。若云追想汴州之亂。迴思同難之人。用爲波瀾。文中固有此法。然引入甚易。撤去甚難。惟愈與河南司錄周君獨存。其外則李氏父子相與爲四人句。輕輕將周君納入李氏父子中。說話泯無痕迹。及敘集處。得燕一觴相屬。則周君亦不得不在座。故將周君與侍御同爲成德。作一頓。卽由感歎侍御時。隨手還淸周君。其下可以單序李生矣。又從李生說到己身。又從己身迴波。顧上周君及侍御。則周君侍御。永永皆在陪客之位。並無一些侵占正文。收局單由侍御之聚館孤寒。祿養不贍。因敘李生所以不能留侍之故。入情入理。悲涼世局。俯仰身世。語語從性情中流出。至文也。

石洪溫造二序。人同事同。而行文製局。乃大不同。石洪本無可紀。著眼全在烏公。文末祝詞。恆患其爲藩鎭之禍。此昌黎託石生以示諷也。文至嚴重。句斟字酌。一字不肯苟下。送溫生序。有石生爲媒介。著手稍易。但序烏公之多得士。與前作已稍別。不至相犯。說烏公攘奪其友。不能無介於懷。又言致私怨於盡取。極意寫己之不悅。然烏公見之。則大悅矣。此文字之狡獪動人處。文中自居守河南尹以下數行。筆筆活著。熟讀之。可悟文字之波瀾。

送鄭尙書序。至岸異。句法無一處肯涉平易。首叙四府之謁帥。字長短不等。然皆聲聲應節。而情狀又歷歷如繪。自隸府之州起。至則不幸往往有事止。中間叙蠻夷盜賊。百色妖露。無語不奇。無句不重。古色斑爛。滿紙映發。是昌黎長技。大抵昌黎之文。遇平易之題。偏生出無數邱壑。隨步換形。引人入勝。

又往往使人不測。若遇此等題。則極意講究句法字法。及氣勢與顏色而已。不再蓄縮吐茹矣。

石鼎聯句詩序。洪氏興祖。謂爲退之自作。軒轅寓退之姓。彌明寓退之名。殊臆斷之說。按公集。有與梓州盧郎中論薦侯喜狀。而喜又爲公弟子。不應窮極醜詆。如是若云詩均退之自作。尤不應以劣句歸劉侯。以警句自承。且語語譏訕。勿論文佳足傳。但問劉侯見之。何以爲情。其寫道士白鬚黑面長頸高髻。亦斷不能空中幻出此狀。意道士或有其人。仙傳拾遺補入彌明。雖祖述退之語。亦必別有所據。惟公然詆毀劉侯。退之決不出此。聞退之之死。亦服丹汞。雖不可知。吾觀此文。似亦微中於道家之言。服其靈丹。其寫軒轅。弈弈有生氣。胡不以異端貶之。特抑劉侯二子以崇軒轅。此又何也。

祭文體。本以用韻者爲正格。若不駕馭以散文之法。終覺直致。昌黎祭河南張員外文。曲折詳盡。造語尤奇麗。員外名署。與公同爲御史。順宗朝。又俱徙江陵。同官復同患難。故言之歷歷。情致自生。按之前後際。仍寓提絜結束之法。入手敘同官。以直見譴。陽山臨武。皆二公貶所。以尹鼯猱句。尹字是字法。甚之之詞也。陽山臨武。路過湖南。其寫過江風物。與旅宿逢虎。狀極逼眞。洞庭漫汗。黏天無壁。語尤雄警。偕掾江陵。是量移內地。又將洞庭一提。元和元年六月。公召爲國子博士。署仍掾江陵。文中言相見京師者。元和二年。署爲京兆府司錄參軍也。其云解手背面。遂十一年者。言署守虔州。見惡於觀察。拜河南令。又不見悅於尹。所云屢以正免。身伸事蹇者也。用字造句。固是昌黎長技。然綜敘張署生平。及與己交際。伸縮繁簡。讀之井井然。繁處極意抒寫。簡處用縮筆。讀之不已。可悟韻語長篇之法。

祭柳子厚文。文簡而哀摯。文末敘及托孤。肝膈呈露。眞能不負死友者。讀之使人氣厚。

昌黎祭嫂氏鄭夫人文。哀惋極矣。且述元兄命。爲嫂服期。期者。古之母服也。唐制長年之嫂遇提孩之叔。劬勞鞠養情若所生。其死也服小功。昌黎蓋因朝制而加厚焉。文不假雕飾。而備極沈痛。然尙能爲韻語。至祭十二郞文。至痛徹心。不能爲辭。則變調爲散體。飽述其哀。只用家常語。節節追維。皆足痛哭。文作於貞元十九年。公又在不得意中。十二月。貶陽山之命下。以家難之劇。猝生於不得意之時。雖以昌黎聖手。亦萬不能處處作韻語。故直起直落。文中所謂吾兄之盛德。而夭其嗣。兄指韓會也以下或叙事。或叙悲。錯錯雜雜。說來俱成文理。吾亦不能繩以文字之法。分爲段落。但覺一片哀音。聽之皆應節奏。瀧岡阡表。於二百七十年後。固宜與之作配。然歐公自得意後述哀。不如昌黎在不得意中述哀。尤爲懇摯。且二公通塞不同。故語亦稍別。

昌黎集中。墓銘最多。銘詞之古蹇。後人學之輒躓。蓋無其骨力華色。追逐而摹仿之。不惟音吐不類。亦不能遽蹴而止。故永叔銘詞。寧以溫純之詞行之。未敢一語襲昌黎者。是永叔長處。今特取數篇略爲講解。俾稍知古人用心處。且足以增人見地。

考功員外郎盧君墓銘。乃有序而無銘。或易銘爲表。表固不銘者也。考異仍作銘。文中敘事。用筆甚奇。盧東美在大曆初。李栖筠辟爲從事。此唐初恆有之事。文曰。既起從大夫。天下未知君者。惟奇大夫之取人也。不常必得人。其知君者。謂君之從人也。非其常守。必得其從。讀之可悟敘事之法。奇大夫之取人。是信大夫之不妄取。一旦竟取天下之所不知者。此爲非常舉動。決其必得天下之才。語意是褒大夫。却藏下盧君隱德足以動人處。常守二字。根上頭未出仕來。既未出仕。忽從李公。是必鑒別李公爲人之可從。必得其從者。信之果也。非其常守。惟知者始見其生平。外面是褒盧君。見得李公能爲盧君所從。則李公之明於知人可不須稱頌而見。兩面對逼。互影而成。文盛稱李公。而盧君之德愈彰。盛稱盧君。而李公之識愈高。兩三行中。具無盡機杼矣。

唐故江西觀察使韋公墓誌銘。政績多可紀。則序言不能不詳。此文每錄一事。必有小收束。學史記也。序文體近列傳。本人事實過繁。乞文者不願遺落。則一一須還他好處。若無駕馭斬截之法。便近散漫平蕪。文自叙姓氏起。至以甥孫從太師魯公眞卿學。太師愛之。作一頓。自舉明經第。至徵拜太子舍人。益有名。作一頓。自遷起居郎。至逐號爲才臣。作一頓。自劉闢反。至上以爲忠。作一頓。自一歲拜洪州刺史。至其大如是。其細可略也。作一頓。卒有違令。當死者。至公能益明。作一頓。情事雖繁雜。無甚偉節。然每段拉以煞句。則眉目井然。中間叙江西無瓦屋。教民陶瓦事。其文曰。始教民爲瓦屋。取材於山。召陶工。教人陶。聚材瓦於場。度其費。以爲估。不取赢利。凡取材瓦於官。業定而受其償。從令者免其賦之半。逃未復者。官與爲之。貧不能者。畀之財。載食與漿。親往勸之。爲瓦屋萬三千七百。爲重屋四千七百。民無火憂。暑溼。則乘其高以上所叙。皆瑣瑣屑屑者。然無句不古。材瓦。瓦之已成者也。度費爲估。是但取成瓦之費。官無所利。業定受償。是不預與瓦值。從令。是肯爲瓦屋之民。因而免賦。重屋樓也。觀乘高二字。卽知重屋之爲樓。若入庸手。便成一泥水匠之賬簿矣。故古於文者。往往因難見巧。轉俗爲雅。

襄陽郡王路公神道碑。似北魏人手筆。

烏氏廟碑。爲重亂父承玼作也。重亂固有大功於唐。然廟爲父廟。若全叙重亂勳績。便失體裁。顧承玼特一裨將。無大功可紀。故入手仍寫重亂起家建節受封之大處。然後上溯發祥之祖。漸漸落到承玼。敗可罕干。拒室韋。明他父子均以驍勇能戰。首尾相應。文極嚴潔。

田弘正先廟碑銘。與烏氏同。不能專叙弘正之功。當歸功於其先代。視烏氏尤難著手。烏氏尙有承玼戰功可紀。田氏無之。又奉勅而作。與平淮西碑同重。入手述詔書。惟弘正先祖父厥心靡不嚮帝室。訖不得施。乃以敎付厥子。此是朝廷旌功推源及於先代意。而昌黎卽引駉駜泮閟之詩。爲魯僖能遵其祖伯禽之烈。故得聲此詩於廟。以假魯靈。據事引經。與詔書合旨。文極典重。高皇。使讀者肅然。蓋有唐藩鎭之跋扈。惟田弘正首奮忠節。爲昌黎至服膺之人。借不能揭表弘正之忠。用以罵詈不臣之藩服。故於銘詞中。略爲指斥。而詞亦純正典重。不參奇特之筆。選字旣純。色尤古澤。

劉統軍碑。其體如誄。古誄序短。盡括其事實。爲有韻之文。正格也。碑文可不在此例。惟劉昌裔之死。公既爲墓銘。今又有碑。若將生平事重複更叙。雖大手筆亦不能工。故變調作爲韻語。與墓銘初不相犯。蔡中郎凡三爲陳仲弓碑。皆可誦。余但錄其一碑。見文章流別中。此文銘詞極長。異於他作。然實以散文體格施韻語。不事粧點。振筆直書。惟昌黎蓄有勁氣。故能如此。庸手實不易學。往讀蔣苕生臨川夢傳奇。以湯臨川奏星變疏草。折入曲文中。入破出破。音節至佳。此卽昌黎以散文體施入韻語也。墓銘叙事。較新唐書爲簡。似不及此文。

曹成王。皐有功於德宗之朝。是一篇重要文字。觀他行文至嚴整有法。未嘗走奇走怪。獨中間用𠟻字。說文削也鞣字。說文耎也玉篇乾革也鞣字是治生皮爲熟皮意或也音揉鏺字。音潑說文兩刃刀名木柄可以刈艸掀字。廣韻以手高舉左傳成十六年乃掀公以出于淖撇字。撇與撆同匹蔑切拂也說文撆別也一作擊考異亦取擊義掇字。考異無註實音剟說文拾取也筴字。筴卽策字昌黎不作如此用法蓋作頰字音箸也又夾舉也跐字。跐蹋也莊子跐黃泉而登大皇音紫䑜字。他合切大食也說文歠也牿字。李賢曰牿古酷切卽古攪字學揚子雲。微覺刺目。實則不用此等字。但言收黃梅廣濟等州。豈無字可代。必作如此用法。不惟不奇。轉見喫力。爲全篇之累。讀者不可不知。

昌黎銘貞曜墓序旣拗折銘亦岸異。韓孟平時聯句均鏤肝鉥腎故銘幽之文。亦不能不見稜角。或過涉乎易將爲東野所笑邪。

平淮西碑。模範全出尙書。惟其具絕偉之氣力。又澤以極古之文詞。且身在兵間。聞見精確。開頭一語。非思之累時。亦不能有也。方鎭之禍。本胎自朝廷。無可避諱。物衆地大。孽牙其間。此指安史之亂。肇自天寶以下。據有兵柄者。遂時時抗撓朝命。逐帥自立留後。至於不可爬梳。歷叙肅代順德四世。所謂以勤以容者。容字。爲養寇之微詞。長亂之積弊。睿聖文武皇帝。憲宗也。一君臨天下。卽斬李惠琳。誅劉闢。執李錡。平張茂昭。致田弘正。爲平蔡以前之聲勢。此時若直接入吳元濟。使氣促局狹。寡舒徐之致。中間插入皇帝之言曰。不可究武。文勢小爲收束。以上之精神。亦爲一聚。以下乃叙蔡亂之緣起。朝議之沮慽。君相之詢謀。文仍醞釀。不肯徑遂著筆。所謂一二臣者。裴度也。有此一語。則以下命將出師。始在在有把握。皇帝凡三命度。第一命。但令宣慰。第二命。非命相之辭。相之爲言助也。蓋度於元和十年。已同平章事矣。第三命。乃統六師。視諸將。爲殊特。文極鄭重。至叙戰功處。言比有功者。大功未成也。曰丞相度至師。於是平蔡。辛巳丞相度入察。文法髣髴左氏。論功行賞。先及諸將。後乃大書曰。丞相度朝京師。風度端凝。雖歐公不能逮也。碑文亦曲折盡致。李師道遣客刺裴度。武元衡事。乃於文中補叙。極爲得法。蓋前半方爲謨誥文字。若插叙刺客。轉覺不莊。但於韻語中渲染。瞥然而過。較近自然。文視元和聖德叙。族誅劉闢事。稍平易。無火色。蓋唐文中有數之作。然羅隱說石烈士篇。以深許其怒推韓碑爲是。良不可解。段文昌文尤庸絮凡下。如戈鋋雪照。馲駿雲屯。雙矛電激。孤劍飆馳。句調白相複沓。試問昌黎肯作此語否。又曰。道德不服。則兵以威之。文告不諭。則兵以靖之。卽紀李愬之功。亦但曰仲宗廟之宿憤。致黎庶之乂安。直是空衍。仍不如昌黎紀功之切實。竟舍彼取此。不知當時廷議。是何居心。而羅隱於晚唐中。頗英糾有筆才。何以亦不辯白。乃反褒美石孝忠。嗚呼。等是文人。其去義山遠矣。

南海廟碑。古麗處。不惟李華不能及。卽子厚亦當却步。文不過崇祀龍神。前刺史憚於渡海。孔公獨致敬盡禮而已。此等題目。不值如許張皇。然昌黎具有神力。遂成巨製。故東坡稱爲游戲斯文。談笑奇偉。眞非虛語。文高揭祀典。鄭重王儀。及帝之祝册題目。似不小矣。且不說孔公。先言海常大風。刺史託疾。神不顧享。人蒙其害。激起孔公將事之敬。其下寫孔公渡海入廟致祭。光色皆古。幾於淩紙怪發。直逼漢京。行文至此。豪暢已極。然不稍述孔公宦蹟。則區區此舉。直是演劇。登場下臺。都無餘味。看他將孔公事極力搬演。雖平平無奇。然一經潤色。都不覺其可厭處。此亦立碑示後。應有之體例。詩特備數之作。無可稱者。然文中選言琢句。眞耐人尋味。

按舊史公傳云。南人妄以柳宗元爲羅池神。而愈撰碑以實之。於是羅池廟碑。頗爲有識者詬病。然新史但書其事於子厚傳。一無褒貶之詞。鄙見盲左屢言神怪。不爲世尤者。左氏未嘗以道統自居。昌黎平日深貶佛老之事。而此碑忽言幽冥靈迹。不能不棘時眼。實則就文論文。佳處自在。此文幽峭頗近柳州。如天幸惠仁侯。若不化服。我則非人。此三語。純乎柳州矣。柳州勍峭。每於短句見長技。用字爲人人意中所有。用意乃爲人人筆下所無。昌黎則長短皆宜。自民業有經起。出相弟長。入相慈孝。純用四言。積疊而下。文氣未嘗喘促。此亦昌黎平日所長但觀南海廟碑自見。及敍到柳侯將死。死而爲神。閒閒出自遺囑。不爲驚駭之詞。神來用一降字。示夢用一館字。古雅已極。使讀者不敢斥爲齊諧。正以行文莊重也。李儀醉酒慢侮堂上。而得疾以死。此或適然之事。文與神牽涉處。在卽死二字。似子厚眞能降罰儀身。然只閒敍而過。似是似非。不爲臆斷。若在俗手。必補出神之靈迹矣。顧少爲張皇。卽乖文體。辭亦全摹子厚。子厚集中騷體。直追宋玉。昌黎此辭。似亦不弱。

司徒兼侍中。中書令贈太尉許國公神道碑銘。此爲韓弘作也。敍事之典重莊麗。眞所謂獨含日光。靜與天語者也。入手敍家世。常格也。著眼在齊國太夫人之兄曰司徒玄佐一語。以下敍弘少依舅氏。事業始由是以建。一曰。軍中皆目之。再曰。士卒屬心。三曰。汴軍連亂不定。其中全寫汴事。却一目都注韓弘。故有今見在人。莫如韓甥一語。至此弘之位置始定。其下又言。悉有其舅司徒之兵與地。作一大結束。是了却劉玄佐。專敘弘之勳業矣。當此時三字。提起汴中全局。入手敗吳少誠。斬判卒。斬李師古之假道。斥李師道之北掠。皆未嘗大出兵。專於辭語中見節概。其語李師古曰。汝能越吾界而爲盜邪。有相待。無爲空言。其謂李師道曰。我不知利害。知奉詔行耳。若兵北過河。吾卽東以兵取曹。語簡而威棱見。氣壯而虜膽懾。不審韓弘當日曾否如此說成而行。以昌黎之文筆。自宜有此莊嚴語。至吳元濟一役。按新史。弘不親屯。遣子公武領兵三千。屬光顏。陰爲逗撓計。以危國邀功。每諸將告捷。輒累日不怡。而此文則言使子公武以兵萬三千人。稍與新史不合。其下亦不顯敘公武之功。但言會討蔡姦云云。是昌黎諛墓之曲筆。然上半段之聲光。已無人能及矣。至於朝京納貢。册拜就藩。生死哀榮。皆碑中應有之例。文末復最其父子勳勞。作一總結。起訖皆有精神。銘詞在在尤寓用字之法。如汴兵王猘。猘、狂犬也。衆乃一愒。愒、息也。桑穀奮張。奮字是暴長意。爲帝督姦。督字是監察意。雄唱雌和。是拼字法。嚬呻睨眴。是代字法。此在讀時玩索自有神會。

殿中少監馬君墓誌。空衍無可著筆。而昌黎文字乃燦爛作珠光照人。眞令人莫測。繼祖紈袴兒耳。所長處。眉眼如畫。髮黑漆。肌肉玉雪可念耳。此等狀態。凡長於富貴家襁褓中。誰則無之。然難在爲北平莊武王之孫。又難在遇王舊屬韓弇之弟。爲絕代能文之韓退之。此其所以傳也。自此體一創。後之文家爭摹仿而成金石之例。摭拾細碎。均可成篇。而皆不及退之者。凡此等體皆可偶而不可常。既無事實。寧不作可也。

南陽樊紹述墓誌銘。歐公云。退之與樊紹述作銘。便似樊文。今讀之。果然。退之才大。無所不包。遇貞曜。則力與貞曜角詩。今銘紹述。若不爲紹述體。便自見拙。矧昌黎之奇。奇而能正。不似紹述轉轉自入拗晦。陳石遺嘗言。文字至元和。諸體皆備。不相沿襲。余謂歐公跋絳守居園池記。固已言之矣。大抵文體之奇。有唐實自昌黎開之。紹述則奇而近澀。文中謂其不襲蹈前人一言一句。而歐公徑謂其學盤庚之書。歐公溫醇。自然不喜紹述。然在元和羣賢競力之時。固宜有此獨豎一幟者。銘詞鷙悍拗折。氣力尤偉。惟古於詞必己出。是定案。降而不能乃剽賊。是揭舉文弊之源頭。後皆指前公相襲。是以積弊爲成例。從漢迄今用一律。言無指迷之人。寥寥久哉莫覺屬。承上句而言。神徂聖伏道絕塞。是總束上文。文字不能己出之故。乃使道統絕塞。忽頂起一句。既極乃通發紹述。見得紹述之文。關於聖道不鮮。人見他是奇澀一路。而昌黎偏說他文從字順各識職。此句大有工夫。文從字順。似人人能之。所難者識職。職字是用字能得其出處。能使其安宅。用此字便稱此字之職。非深小學識古文者。何能至此。說文從字順。不是昌黎欺人。昌黎用字有來歷。故能道出職字。觀結句有欲求之此其躅是教人識字。不是教人仿樊紹述也。

昌黎集中。銘墓之文。多於他文。其最奇者。無如故太常博士李君墓誌銘。中述博士服丹沙死。其下乃大發議論。極詆服食之弊。歷引工部尚書歸登。殿中御史李虛中。刑部尚書李遜。遜弟刑部侍郎建。襄陽節度使工部尚書孟簡。東川節度御史大夫盧坦。金吾將軍李道古。皆以藥死。合李君之死。用爲世誡。吾乃不知李氏家人。何重於此文。乃瘞幽以詆其先人之醜。或且作而不刋。爲集中備數文字。亦未可定。然而昌黎之死。亦以丹沙。聞易簣時。席上皆遺水銀。厥病與歸工部正同。故白香山思舊詩。有退之服流磺。一病竟不起。云云。則此文之作。適以自箴耶。或作後而仍不改邪。則不可知矣。

毛穎傳爲千古奇文。舊史譏之而柳子厚則傾服至於不可思議。文近史記。然終是昌黎眞面。不曾片語依傍史記。前半直是一篇兔傳。至獨取其髦。始爲毛穎伏案。及敍到圍毛氏族。拔毫載穎。聚族束縛。此方爲傳之正文。則以上傳兔。特述穎之家世耳。得管城封而親寵用事。下至累拜中書公止。均細疏其能。並其爵秩。與執燭者常侍。應以上親寵句。絳之陳。弘農之陶。會稽之褚。此爲傳中應有之人。冠兔髮禿。敍穎末路。應如此。惟盡心二字。妙極。傳後論追述毛穎身世。若有餘慨。則眞肖史公矣。崔豹古今注。蒙恬造筆。以柘木爲管。鹿毛爲柱。羊毛爲被。不言兔毫。究竟公讀古書多。必有所本。就文論文。略之可也。

昌黎送窮文。送高辛氏窮子也。蓋源本於揚子雲逐貧賦。逐貧賦。揚子與貧。但一問一答。送窮文則再問再答。文氣似厚。而所以描寫窮之眞相。亦較揚文爲刻深眞神技也。揚之悵貧曰。人皆文繡。余褐不完。人皆稻粱。我獨藜飧。貧無寶玩。何以接歡。宗室之燕。爲樂不槃。語氣凡近。似小家子。而昌黎則定其罪狀。曰五窮。言衣食燕樂處寡。敍憤時嫉俗處多。故晁無咎取公此文。續楚詞中。似較揚子所言爲高亢。然揚賦結言長與汝居。終無厭極。貧遂不去。與我遊息。則安貧之言也。昌黎之燒車與船。廷之上座。亦本此意。總之文字。不摹仿則已。一踐前人故步。雖具倚天拔地之才。終不能擺脫範圍。但能於辭句機軸。少爲變易而已。

嚮與及門高生。論鱷魚文。最有工夫。在能用兩況字。況潮嶺海之間。去京師萬里哉。是爲鱷魚出脫。歸罪後王之棄地。故不敢責鱷魚之涵淹卵育。況禹跡所揜。揚州之近地。以牛女分野。潮陽亦屬揚州。且天子有命。刺史有責。其勢萬不足以容鱷魚。兩況字。一縱一收。却用得十分有力。篇中凡五提天子之命。頗極鄭重。然在當時讀之。自見其忠。自後人觀之。不免有獃氣。試問鱷魚一無知嗜殺之介蟲。豈知文章。又豈知有天子之命。且鱷非海中之物。半陸半水。在斐州恆居葦蕩之間。斷無能驅入海之理。後此陳文惠通判潮州。鳴鼓戮鱷於市。且爲文告之。歐公至引之于神道碑中。尤堪捧腹。吾鄉某先達。惡白鷺晚噪其庭樹。且日遺矢汙人。因陳檄樹間。驅之令去。而晚噪遺矢如故。天下以文章喻庶物。難哉。

昌黎論佛骨一表。爲天下之至文。直臣之正氣。入手以憲宗畏死之故。引上古無數高年之天子。爲憲宗指迷。言耄耋之期。初非關於佛力。迨佛法旣盛。自漢末迨梁。無永年之天子。梁武高壽。卒被橫禍。則佛之効驗可知。一片皆爲流俗說話。力闢福禍之不關於佛氏。精透極矣。及歸到本朝。引高祖之議汰僧尼道士女冠。見武德九年四月詔與憲宗初年。不許度人爲僧尼道士。及創立寺觀事。上援祖訓。下徵詔書。以矛攻盾。幾偪到憲宗無可置對。此處却用婉轉之筆。言今縱未能卽行。豈可恣之轉令盛也。文氣一舒。亦稍爲憲宗迴護。此下始激起迎佛骨之非是。然專制之朝。不能直捷指出朝廷弊病。於是復大加迴護。謂聖明若此。斷不肯信。然天子動靜關於百姓瞻視。在皇帝不過徇人之心。而百姓則愚冥易惑。斥佛骨。却撇去佛骨。專爲政體上追尋利害。語語切摯。篇末斥佛爲夷狄。生時不過禮以藩屬。死後尤宜避其凶穢。罵得不値一錢。然後以禍祟之事。極力自任。尤爲得體。通篇礙目處。只事佛漸謹。年代尤促。八字。而憲宗大怒。幾欲抵死。不有崔羣裴度。及戚里諸貴。昌黎危矣。及潮州表上。帝意少迴。猶曰韓愈大是愛我。我豈不知。然愈爲人臣。不當言人主事佛。乃年促也。嗚呼。憲宗聰明。尙護前如此。則宜乎闇主之不易事也。

柳文研究法

劉夢得敍柳州文。謂雄深雅健。似司馬子長。此特舉其大要耳。其親切處累見與書中。夢得蓋深知柳州者也。若唐史文藝列傳序。謂韓愈倡之。柳宗元、李翺、皇甫湜、和之。排逐百家。法度森嚴。抵轢晉魏。上軋漢周。云云。唐文粹序。亦謂韓吏部超卓羣流。獨高邃古。以二帝三王爲根本。以六經四敎爲宗師。憑淩轥轢。首倡古文。於是柳子厚、李元賓、李翺、皇甫湜、又從而和之。似柳州者。爲昌黎配饗之人。雖尊與韓並。初未有發明其文章之妙者。至方望溪。頗有醜詆之詞。不佞於友人馬通伯處。見望溪手定柳州讀本。往往有紅勒者。因歎人生嗜好之殊。如元微之之右杜而左李。而望溪亦正云。柳州適可肩隨退之者也。然少陵生前推服謫仙。不遺餘力。卽昌黎之於柳州祭文廟碑墓誌。咸無貶詞。當時昌黎目中。亦僅有一柳州。翱湜輩均以弟子目之。未嘗屈居柳州於翱湜之列。且柳州死於貶所。年僅四十七。凡諸所見。均蠻荒僻處之事物。而能振拔於文壇。獨有千古。謂得非人傑哉。

夢得之報柳州書曰。余吟而繹之。顧其詞甚約。而味淵然以長。氣爲幹。文爲支。跨躒古今。鼓行乘空。附離不以鑿枘。咀嚼不有文字。端而曼。苦而腴。佶然以生。癯然以清。余之衡。誠懸於心。其揣也如是。嗚呼。劉賓客果道得柳州眞處矣。夫所謂端而曼。苦而腴。佶然以生。癯然以清。此四語。雖柳州自道。不能違心而他逸也。凡造語嚴重。往往神木而色朽。端而能曼。則風采流露矣。柳州畢命貶所。寄託之文。往往多苦說。而言外仍不掩其風流。才高而擇言精。味之轉於鬱伊之中。別饒雅趣。此殆夢得之所謂腴也。佶者壯健之貌。壯健而有生氣。柳州本色也。癯然以清。則山水諸記。窮桂海之殊相。直前無古人。

後無來者。昌黎偶記山水。亦不能與之追逐。古人避短推長。昌黎於此固讓柳州出一頭地矣。

柳州之學騷。當與宋玉抗席。幽思苦語。悠悠然若傍癉花密箐而飛。每讀之幾不知身在何境也。石林詩話。謂柳州諸賦更不蹈襲屈宋一句。似與昌黎皆在嚴忌王褒以上。眞知言哉。賦學自詞苑巘敗。遂寡問津。然有韻之文。亦治文者不可不講。發源於屈宋。取範於柳州。斯得矣。

宋嚴有翼曾序柳文。苦其難讀。考證音釋。名曰柳文切正。此書惜不曾見。不佞恆謂柳州精於小學。熟於文選。用字稍新特。未嘗近纖。選材至恢富。未嘗近濫。麗而能古。博而能精。至吞言咽理。變化離合。固遜昌黎。然而生峭壁立。棱棱然使人生慄。亦斷不類於樊紹述之奇詭也。

詩大雅江漢篇。尹吉甫美宣王。能興衰撥亂。命召公平淮夷也。次篇爲常武。

則召穆公美宣王有常德以立武事也。不惟美之。又引之以爲戒。子厚平淮夷雅。亦二篇。一美丞相度。一美西平之子愬。談藪云。論柳文者。皆以謂封建論。退之所無。淮夷雅。韓文亦不逮。鄙見非不逮也。昌黎興高。描寫元和戰功。欲窮形盡相。遂不免近於慘酷。昌黎本意。原欲以寒竊據之膽。不知火色過濃。遂微乖乎正聲。柳州之作。力摹大雅。於顯敍戰功處。往往爲朝廷留其餘地。示不欲究武之意。得經意矣。江淸之詩曰。匪安匪遊。淮夷來求。匪安匪舒。淮夷來鋪。求者求淮夷所據之境地。鋪者欲微病以譬之。命意不過如此。以下又曰。匪疚匪棘。王國來極。竟言不以兵病害之。不以兵操切之。堂堂乎見王師之仁。其卒章曰。矢其文德。洽此四國。矢之爲言施也。布其經緯天地之文德。以和洽此天下四方之國。名爲南征。實不過旬宣之意。說得雍容和藹。此始名爲大雅。柳州之雅。正本此意。第一章狡衆昏嚚。其毒於酲。數蔡人之罪也。第二章卽曰。師是蔡人。以宥以釐。宥之釐之。則不忍艸薙而禽獮可知矣。其下寫天子御通化門。餞相度。則與江漢圭瓚秬鬯同一隆禮。此命將出師。盛朝應有之儀節。至公曰徐之。無恃頷頷。式和爾容。惟義之宅。則立言尤爲得體。頷頷勇悍之貌。忽恃勇悍。正患其浪殺人也。宅、居也。居義以對蔡人。方見得是王者之師。中間寫李愬之功曰。蔡兇伊窘。悉起來聚。左擣其虛。靡愆厥慮。擣虛者。擣蔡城也。愬用李祐之言。謂蔡之精兵皆在洄曲及四境拒守。守蔡皆羸卒。愬用其言。遂擒元濟。靡愆厥慮。謂所謀中也。擒濟以後。不書殺戮。但曰。曾是讙譊。化爲謳吟。閒閒將一場大戰。以從容不迫之筆總括全局。惟具此聰明。方能摹古。

方城之什。則專紀愬功。不能不點染殺戮之事。其最嚴厲之語曰。右翦左屠。聿禽其良。曰是震是拔。大殲厥家。禽良者。十二年二月愬禽元濟捉生虞候丁士良也。所云右翦左屠。非屠城之謂。蓋指賊將英秀琳。以三千之衆爲賊左臂。官軍不敢近。有陳光洽爲之謀主。屠翦正指此二人。惟得丁士良。此二人始獲耳。震拔。是大兵臨城之勢。大殲厥家。但指元濟一家而言。故下章卽云。乃諭乃止。蔡有厚喜。完其室家。仰父俯子。又云。蔡人歌矣。蔡風和矣。孰類蔡初。胡甈爾居。甈甈不安貌牛列切式慕以康。爲愿有餘。是究是咨。皇德既舒。恩勝於威。敍伐蔡。竟有周宣氣象。劉夢得嘉話拾遺言柳八駁平淮西碑云。左餐右粥。何如平淮夷雅。仰父俯子。此特於字句推求。其實昌黎碑適是學尚書。子厚雅適是學大雅。兩臻極地。唯昌黎之元和聖德詩較此爲遜耳。

紓少時讀封禪文。洪範五行傳。劇秦美新。王命論。班典引。苦其淵博難解。則盲讀以領其音節。迨長頗能分其段落。省其用意。又怪其多頌揚語。且注意瑞應之事。文奇而意未嘗奇也。家貧。不能購書。三十以後。始得濟美堂柳集。

讀之經歲。謂貞符一篇。實能超出馬劉揚班之樊。舍天事而言人事。得立言旨矣。入手卽斥五家之文爲淫巫瞽史。不足揚顯功德。已醒出通篇主意。於本文之前。作一小引。不是本文之序。蓋文已宿搆。至永州後。因吳武陵一言。始行進呈耳。入手推源人種肇生之時。營巢衣革。救饑渴。分牝牡。於是遂解仇殺侵掠之事。自得有力者治之。然後社會成。主者更得聖人。然後國家立。厥初罔匪極亂而後稍可爲也句。總束上文。由開闢而訖於中古。然後拈一德字。立通篇之幹。謂爲德始爲貞符。凡大電大虹。巨跡白狼。魚躍烏流。虺蛇天光。貶周黜漢。均妖幻以欺人。不足據爲受命之證。自漢魏兩晉。尤尨亂鉤裂。厥符不貞。將一切駁翻。不復置議。至此作一大頓。留下隋之大亂。沸湧灼爛。引起唐受天命之有據。自大聖乃起句以下。全述唐之元德。至人之戴唐。永永無窮。其中初不言符瑞。但言孝仁平寬。此卽爲天子之貞符。其下點清數語。爲全文關鍵。則曰。受命不於天。於其人。休符不於祥。於其仁。惟人之仁。匪祥於天。匪祥於天。茲惟貞符哉。未有喪仁而久者也。未有恃祥而壽者也。此數語精理如鑄。果能闢馬劉揚班之失矣。於是復言恃祥之害。妙在鄭以龍衰。魯昭公十九年鄭大水龍門於時門之外洧淵魯以麟弱。哀公十四年白雉亡漢。漢平帝元始元年黃犀死莽。黃支國獻犀牛王莽班符命總說曰肇命於新都受瑞於黃支語極昭析。末用極於邦治。敬於人事。作結。堂皇極矣。宋景文筆錄。柳子厚貞符。褚說。能模寫前人體式。然自有新意。可謂文矣。言新意者。卽歸本於德。以不符瑞爲報應。自是此文之本旨。詩平易可誦。

屈原之爲騷。及九章。蓋傷南夷之不吾知。於朝廷爲不知人。於己爲無罪。理直氣壯。傳以奇筆壯采。遂爲天地間不可漫滅之至文。重言之。不見其沓昌言之。莫病其狂。後來學者。文既不逮。遇復不同。雖仿楚聲。讀之不可動人。惟賈長沙身世。庶幾近之。故悲亢之聲。引之彌長。亦正爲忠氣所激耳。柳州諸賦。摹楚聲。親騷體。爲唐文巨擘。顧得罪而出。但宜閉門思過之言。不能爲狺狺自訟之語。此最難著筆。讀集中佩韋賦。欲自進於中庸之門戶階室。覆與呂温書則此賦當作於貞元二十年以後。惡侃直而尙醇和。實有激而作。中間剛柔分段。首推尼父能剛能柔。其下配以藺相如。游吉。曹劌。不倫不類。蓋舉是四人。指爲寬猛相濟。卽是中庸正軌。斥剛之失。則項羽、朱雲、陳咸、洩冶也。斥柔之失。則子家、宋義、李斯、徐偃、桑弘也。引用紛雜。然音節甚高。賦色甚古。說理之文。卻能以聲容動重。亦云難矣。

解祟、懲咎、閔生、夢歸、囚山五賦。題目甚似涉江懷沙諸作。當日若去賦字。但以解祟等目標題。亦無不可。或且泥於九章九辯。故例不能足成九篇。故以賦名。亦未可定。

解崇賦。蓋取太玄赤舌燒城。吐水於瓶之義。謂以水滅火。雖有傾城之言。災無由生。前半極言流金鑠玉之害。及筮玄之後。濯熱以冷風。滌瑕以清源。崇遂不敢爲利。意極平衍。然造句之奇麗。選聲之悲亢。直逼宋玉矣。

讀懲咎一賦。不期嗟歎。若柳州者。眞不失爲改過之君子哉。唐書本傳。載此賦曰。宗元不得召內。憫悼悔念往咎。作賦自儆。蓋爲永州司馬時作也。入手卑汚閔世。前志爲尤。已說出失身叔文之誤。然而初志斷不甘此。故項起始余學而觀古兮一句。以下歸本於道。謹守率由。奉訏謨。徵策書。自謂炯然不惑。遇者果於自用。則切責叔文之不慮不戒。均二人不淑所致。顧身已入黨。亦無可辯。因有哀吾黨之不淑兮一語。黨字卽聯己而言也。進退無歸。幾瀕鼎鑊。幸皇鑒明宥。尙得南遷。於是夜寤晝駭。懼罪無已。爲貶永州後作一大結束。凌洞庭之洋洋兮。泝湘流之沄沄。飄風擊以揚波兮。舟摧抑而迴邅。日霾曀以昧幽兮。黝雲涌而上屯。暮屑窣以淫雨兮。（窣雨聲蘇骨切）聽嗷嗷之哀猨。衆鳥萃而啾號兮。沸洲渚以連山。漂遙逐其詎止兮。逝莫屬余之形魂。攢巒奔以紆委兮。東洶涌之奔湍。畔尺進而尋退兮。盪洄汩乎淪漣。（水平伏曰淪漣水動也汩音骨又越筆切）際窮冬而止居兮。羈纍棼以縈纏。哀吾生之孔艱兮。循凱風之悲詩。罪通天而降酷兮。不殛死而生爲。自淩洞庭句起。楚鄉風物。一一如畫。屈原涉江。亦同此戚。然屈原不以罪行。而柳州實陷身奸黨。故屈原抵死不甘認過。而柳州則自承有通天之罪。等是遷客。正直與回曲自殊。而所以仍吐正聲者。則自信其能懲咎也。以下滅身無後進路劃絕。伏匿不果拘攣轗軻。一片哀音。聞者酸鼻。最後結以一語曰。苟余齒之有懲兮。蹈前烈而不頗。此萬死中掙出生命之言。故晁太史取此賦於續楚詞。且爲之序曰。宗元竄斥崎嶇蠻瘴間。堙厄感鬱。一寓於文。爲離騷數十篇。懲咎者。悔志也。其言曰。苟余齒之有懲兮。蹈前烈而不頗。後之君子。欲成人之美者。必讀而悲之。正以一息尚存。仍能自拔。歸於君子之林。此柳州之所以成豪傑也。

閔生一賦。慮吾生之莫保也。賦中語言孟軻四十。乃始持心。當是公四十以前作。在元和五六年之間。貶永州時也。入手以生逢險阸之故。喪志逢尤。則自承己過矣。因之膏竭魄離。沈痛尤極。言既不信。寃何從白。只有幽默待盡而已。任他駑駘之騁。鼃黽之集。均無可奈何。此是得罪以後。聽人指摘。無可自辯處。故言厲吻之鴟。嘯羣至也。因是沈抑不舒。但有自愍語。雖尤人。仍是引過。至此作一小頓。湘水出零陵北入江。零陵。永州也。故望見九嶷。思及重華之死。屈子之沈。古人之無過者尚如此。矧乃我耶。雖然。自原初心。萬非從逆之比。故接上列往則以考己兮。指斗極以自陳。自陳者。以心迹質九閽也。心既無他。竟爲遷客。登高嵒。瞻故邦。咸有戀闕之意。忽念到窮老淪放。亦惟有死隣魑魅已耳。文勢到此。已無轉旋之地。然寸心未死也。仲尼四十不惑。孟子四十不動心。自問未到二子之年。終寡閱歷。故至觸禍阽身。斗然叫起知徙善而革非兮。又何懼乎今之人。此一語生氣滿紙。似把以上過失一洗而空。魄力壯健。筆亦特舉。以下考衡湘故迹。卽是寫貶所風物。雄虺短狐。日來近人。一身孤危。則生之可閔極矣。故曰。慮吾生之莫保兮。忝代德之元醇。孰眇軀之敢愛兮。竊有計乎古先。蓋百無所恃。可恃者。德耳。德何在。在能蓋愆。故以蓋愆一語終焉。則生雖可閔。而氣尙壯烈也。

夢歸一賦。文乃奇絕。自起二語後。卽入夢鄕。至心回互以壅塞止。皆夢中境界。說到質舒解以自恣兮。息愔翳而愈微。欻騰踴而上浮兮。俄滉瀁之無依。是初入夢時。肢體舒散。氣息安和。若身與枕席相親。沈沈無事。欻字。說文有所吹起也。此說夢魂。若御風而游。滉瀁者。深廣貌。魂入夢境。覺深廣不知所屜。悠悠然亦無憑依而立。描摹虛無。居然生出景象。上茫茫而無星辰兮。下不見乎水陸。是正面寫夢。雖奇非奇。頂處。忽用一鉥字。鉥、導也。綦鍼也。不有此字。則誰導夢而歸。亦並非所謂夢神。但以若有二字了之。故曰。若有鉥余以往路兮。馭儗儗（音擬）以回復。儗儗。相疑也。夢中辨路。決不淸晰。故言儗儗回復。貟一字不苟。自是以下。均夢中幻境。無非風雲䨓雨之類。音節一本九章。至忽崩騫上下兮。聊按行以自抑。似糢糊近鄉井矣。故都之委墜。鄉閭之修直。原田之蕪穢。喬木之摧解。垣廬之不飾。不是眞嚮夢中見出。是平日有此思想。遂歷歷若見諸夢中。脫敍到接見故舊。文酒歡洽。亦未嘗不可。顧騷中未嘗有此體。且惡占實。欲周流而無所極之欲字。紛若喜而佁儗之喜字。皆有制而莫遂意。確是夢欲回時狀態。故直接上鐘鼓喤以戒旦兮。陶去幽而開寤。則蘧然覺矣。然尚在愰惚之際。曶䁭蒙其復體兮。孰云桎梏之不固。妙絕。罾罻。魚網也。魚網蒙體。是人醒時神魂未定。尙有痲木之意。不惟罾罻。且願桎梏。久而久之。知夢歸不可再得。故曰。余無蹈乎歸路。只好義命自安。引夫子居九夷自慰。又引老聃之適戎。蒙莊之遠去。似不必以故園爲慕。然首邱正也。鳥獸喪匹。尙且過其故鄉鳴號。況乃人乎。三復玆夢。始還淸命題本意。

囚山賦。晁無咎序曰。自昔達人。有以朝市爲樊籠者矣。未聞以山林爲樊籠也。宗元謫南海久。厭山林不可得而出。懷朝市不可得而復。邱壑艸木之可愛者。皆陷穽也。故賦囚山。通篇著眼在陽不舒以擁隔兮。羣陰沍而爲曹。沍涸寒也。是陽慘陰舒之意。至摹寫山林仰伏離迾遮也之態。是柳州所長。讀時自能會之。

封建一論。爲古今至文。直與過秦抗席。東坡志林。謂昔之論封建者。曹元首、陸機、劉頌、及唐太宗時李百藥、顏師古、其後劉秩、杜佑、柳宗元。宗元之論出。而諸子之論廢。雖聖人復起。不能易也。范太吏唐鑑。亦以公之論爲然。那程敦夫、黃唐、均有攻駮之辭。實皆泥古不化。不足深辯。今就文論文。識見之偉特。文陣之前後提緊。彼此照應。不惟識高。文亦高也。入手言封建非聖人意。歸之於勢。聖人不欲違勢以戾民。故因勢而成封建。正是聖人圓通廣大處。腐儒見一非字。便以爲開罪聖人。抵死與爭。謬矣。立一勢字。既定全題之局。遂上溯有生之初。與貞符篇同一命意。自萬物皆生起。至然後天下會於一。有天子始有諸侯。蓋不如是次第鎮攝。爭且不息。是言勢不可不封建。非聖人之意必欲封建。語至明顯。以下敍周之大勢。自春秋迄戰國。周之敗端。歷歷指出無遺。就勢提起。秦制四海。運於掌握之內。稱秦之得。是虛頓。得者。能廢封建也。非右秦而左周也。故其下疾接入不數載。而天下大壞。是迴護上句意。亦是防人攻駁語。蓋封建固失。周之國祚長也。郡縣固得。而秦之國祚促也。其有由矣四字。專爲秦政之不善言。與封建事。一無干涉。蓋脫去秦字。專比較封建與郡縣之得夫。中間三用叛字。有叛人。無叛吏。一段。是言秦失民心而召叛。非縣吏之失也。有叛國。無叛郡。一段。是言漢縱宗子而驕功臣之失。非郡吏之失也。有叛將。無叛州。一段。是言唐任藩鎭之失。非州吏之失也。何者。郡縣立。則權分。大吏雖總其成。一欲謀叛。不能立時聯絡郡縣吏之心。使之同惡。如宸濠之於明。耿精忠之於前淸。竟有倔强不服之人。左掣其肘。卽其明驗。讀文中斷語曰。州縣之設。固不可革。是決言封建之不可行。屹然山立。其下又將周之封建。秦之郡縣。兩兩比較。周時諸侯亂國多。理國寡。此失在封建之制。與政無涉。秦時郡縣酷刑苦役。似疑郡縣之不善。此失在政。不在郡縣之制。蓋郡縣之守宰。一得人。卽行其理。諸侯世及。天子不得變其君。此所以爲難也。漢則封建郡縣兼行。然叛者多諸侯。而郡縣往往得循吏。邊庭往往得名將。設使漢室盡倚諸侯。則轉不收循吏名將之益。以上闔秦與漢。分爲三段。周之封建。無一得也。秦之郡縣。朝廷自失。不涉郡縣之失。至漢。則封建失而郡縣得。彰明顯著。成案嶄然。讀之爽目。此下設或兩者之難。一言周延而秦促。即駮之曰。晉亦封建。何以有八王之亂。二姓陵替。唐不封建。垂二百祀。一言殷周聖人。不革其制。似郡縣之議。大戾於聖。即駮之曰。湯仍夏故侯。因以黜夏。不能變也。周因殷故侯。因以勝殷。不能變也。此皆湯武之不得已。歸本上文勢字。夫因勢而不得不爾。則非夙本之公心可知。秦革周制。意似公矣。而其情亦私。此時忽下一斷語曰。然而公天下之端自秦始。言端者。秦開之。不必秦能守之也。推去秦字。但言郡縣勝於封建。結論清出勢字。以應篇首。此是定法。

柳州聰明。讀古書。能以理析之。如六逆論。問守原議。翦桐封弟辯。皆明澈醒人眼。造語極古。而析理又極明達。不著一閒話。於此見用意之精。

六逆中。所謂賤妨貴遠間親新間舊三事。不佞始讀時。亦已疑之。顧未暇論也。柳州不惟不斥爲亂源。而且直據爲理本。使人不能不加意於此文。貴而愚。賤而聖且賢。此不可言妨。親而舊者愚。遠而新者聖且賢。此尤不可以言妨。以下引據。節節精當。用筆活跳。蓋有理之文。始能縱横如意。若文無把柄。一力搬演。雖引用宏富。究無著也。

守原一議。論者謂柳州憫當時宦者之禍。故有此作。意不在指斥晉文。且晉文萬非齊桓之比。或且守原無人。宮中思索守者不得。偶見勃鞮在側。姑爲問之。一舉趙衰。恍然有悟。故立下詔令。若勃鞮別舉宦者以對。則晉文亦決不之應。蓋齊桓因難出走。旋得鮑叔之力反國。又得管仲之力定霸。身處順境。故宦寺之言易入。晉文在外十九年。豈不知謀及媟近之有害。然而欲責此大義。則不能據此四字爲定案。柳州論失政之端。明斥晉文。實隱譏德宗之遷政於閹人。暢論流弊所及。於是景監弘石之禍。謂皆晉文兆之。此種法程。呂東萊幾奉爲祕訣。蘇東坡王船山尤甚。然皆深文也。

翦桐一事。史記晉世家有之。說苑亦然。鄙見不盡可據爲實錄。卽不辯亦可。辯中謂以桐葉封婦寺。亦將舉而從。周公大聖。豈憒憒至此。柳州此語。特用爲文瀾耳。文中大要在王者之德行之何若。設未得其當。雖十易之不爲病。要於其當不可使易也。數語。實深明大體之言。

箕子一碑。立義壯闊。一曰。正蒙難。（舊注蒙犯也正蒙難者以正犯難也）二曰。法授聖。三曰。化及民。三項並列。就文讀之。似箕子生平實兼是三德。然尊爲帝師。封之朝鮮。特新朝重勝國遺老。國於海隅。於禮非爲隆厚。於止蒙難一節。不能並舉爲偶。

而柳州之文。亦正重此正蒙難一層。謂箕子之辱於囚奴者。有所希望也。握要之言。在周時未至。殷祀未殄。比干已死。微子已去。向使紂惡未稔而自斃。武庚念亂以圖存。國無其人。誰與興理。能寫出箕子不得已之苦心。作無如何之屈節。方見得是正蒙難。方見得是箕子之明夷。辱於囚奴。實有待也。不惟史眼如炬。而且知聖功深。是一篇醇正堅實。千古不磨之文字。頌中言聖人之仁。道合隆汚。又言非死非去。有懷故都。正聲明文中正蒙難之故。欲俟脫難之後。使朝廷歸服於正也。嗚呼。箕子出奴。而能使朝鮮之民終不相盜。無門戶之閉。婦人貞信不淫。辟其田民飲食以籩豆爲可貴。獨至今日。百姓乃屈辱於日本鞭箠之下。永永爲奴。無自脫之日。然則聖人之蒙難。辱於奴。乃其所餘之黎民。亦終於奴邪。惟紂之暴。乃敢奴及箕子。而紂之收局何如。彼敢奴箕子之民。吾亦將拭目觀其收局矣。孔子廟碑。古來恆有作者。然晝工之畫天也。天之混茫無極。將何處著筆。理學家自謂能知聖人。而多不能文章。文章家能爲恢富華贍之言。而又不能眞知孔子。昌黎自謂道統所係。而處州孔子廟碑。但記從祀圖壁諸賢。及用王儀釋奠而已。李北海兖州曲阜縣宣聖廟碑銘。較堂皇莊重。然亦稍傷排比。但言褒貶善惡。未嘗闡發道源。表彰聖學也。子厚之道州文宣王廟碑。爲薛伯高作。且述伯高之言曰。夫子稱門弟子顏回爲庶幾。其後從於陳蔡。亦各有號。言出一時。非盡其徒也。於後失厥所謂。妄異科第。坐祀十人以爲哲。豈夫子志哉。似以開元八年。改顏子等十哲爲坐象。悉預配饗爲非。是故伯高祠孔子。僅配以顏氏。此說極爲宋子京所非。旣咎伯高。且詬子厚。要之伯高實非知道之人。卽李瓘之請易十哲爲坐象。亦特一時興到語。不必卽有崇儒重道之意。子厚此文。或爲伯高請託。一向失檢。輕易轉述其語。然按其文中敍述。亦未嘗稱伯高爲特見。今但就文論文。無暇更爲左右之說矣。此文嚴肅。彷彿南海廟碑。入手言祀事。因歎夫子之道。二帝三皇無以侔大也。遂以其堂庭庳陋。椽棟毀墜之故。乃易新構。以下述節用乘時。始克有成。寫州宮貧薄之狀。然澤以高文。乃不見其寒儉。至於立廩周食。拓園毓蔬。權子母求贏。以供祭典。語雖瑣碎。然用周禮國語。尤不見其俗。感道懷和以下。敘伯高德政。是應有之筆。迨述伯高議論。不加溢美之詞。只閒閒敘過。蓋子厚之心。固知伯高之好奇。斷無於碑文中用斥駁語者。及文末言惟夫子極於化初。冥於道先。羣儒咸稱。六籍具存。苟贊其道。若譬天地之大。褒日月之明。非愚則惑。不可犯也。此數語。即不佞所謂天不可畫也。且犯之一字。細思之。亦似有理解。夫褒與譬。美詞也。用美詞尚稱之爲犯。然則伯高黜去十哲。單祀顏子。寧獨非犯。且爲人請託而成文。原不宜面指其短。但於空中射影。使之迴光反照。善於言者。固有此法也。文似摹仿魯頌。弈弈有光氣。

集中六七兩卷。均和尙碑。不佞昧於禪理。不能盡解。故特闕而不論。

柳州段太尉逸事狀。與昌黎張中丞傳後敍。均洋洋有生氣。亦皆良史之才也。不佞甚惜柳州不爲史官。其寫忠義慷慨處。氣壯而語醇。力偉而光斂。可稱極筆。寫郭晞悍卒。日羣行丐取於市。不嗛。（不足也音慊）輒奮擊折人手足。椎釜鬲甕盎。盈道上。（鬲音歷盈字一本作蔡與撒同讀如蔡叔之蔡新史改作盈）袒臂徐去。且撞殺孕婦人。又入市取酒。以刃刺酒翁。壞釀器。酒流溝中。云云。皆極寫邠州客兵無賴狀態。力摹漢書。時白孝德方爲邠寧節度。以王故。戚不敢言。作一頓。於是接入太尉自州以狀白府。自州者。太尉時爲涇州刺史也。其告白公曰。天子以生人付公理。公見人被暴害。因恬然。且大亂。若何。又曰。某爲涇州。（涇與邠州皆隸關內道）甚適少事。今不忍人無寇暴死。以亂天子邊事。公誠以都虞侯命某者。能爲公已亂。使公之人不得害。一往爲寃民言。既責近孝德之畏懦。因而表己之幹力。言激而忠。果而非躁。學史漢而能成自然。非若侯雪苑之竄取史記句法。卽謂爲能學史記也。及太尉列卒。取十七人。皆斷頭注槊上。植市門外。直逼漢書酷吏傳矣。工夫在用一注字。植字。光色燦然動目。一軍盡甲後。太尉笑且入曰。殺一老卒。何甲也。吾戴吾頭來矣。老卒者。太尉自謂身爲虞侯也。宋景文新唐書。去一吾字。求簡而轉晦。無取也。太尉語極抗强。却極委婉。一則哂全軍之不武。一則示一身之有膽。太尉遺事。固自風流。然不有此等文章。亦描摹不能盡致。其責郭尚書語。侃直而簡貴。及造府謝過。邠州之事已畢。遂繞敍到涇州惠政矣。大將焦令諶。音忱因旱而責穀於民。民飢。無以償。告太尉。太尉判辭甚巽。使人諭諶。諶怒。召農者。鋪其判辭於農背。大杖之。太尉竟爲農傳善藥。貨馬代償其穀。諶聞之。大媿。文言諶自恨死誤合兩事而言。公能殺郭晞之卒。詎不能面斥此悍將。不知徵營田之入。諶非有罪也。在禮宜異。且宜感之以誠。驕卒之殺人。節度使宜問也。既問。則宜執法以治之。無憚貴要。段太尉大節。在笏擊朱泚。此特其遺事。然先敍殺卒。注頭。後敍賣馬償穀者。則兼仁勇言也。見得太尉神威凛然。百死無懼。而先乃愛民如慈母之將子。後先倒敍。似疾雷迅電過後。却見朗月當空。使觀者改容。是敍事妙處。

國子司業陽城遺愛碣。至難學。以序中用四言。厥體如銘。不過不用韻耳。而銘復四言。讀之疑複。韓柳多有此體。然亦易辨。銘有韻以限之。法宜循聲按節。平仄雖不盡調。然韻脚調也。序中用四字成句。則可以不調平仄。仄處累仄。讀之喑塞。平處累平。讀之鏗鏘。且一氣黏貫而下。可以數句作一句讀。銘則八字一頓。自有節奏。不能讀作一氣也。

唐故衡州刺史東平呂公誄。爲呂和叔作也。和叔謫衡州。竟藁葬於江陵之野。子厚悲其同貶。又道衡二州。夾永州於其中。故云。哀聲交南北也。溫學春秋於陸質。學文章於梁肅。劉禹錫曾編次其文。所學頗有根柢。柳州言其文章宜傳於百世。今之存者。非其極言。獨其詞耳。理行宜極於天下。今其聞者。非其所盡力。獨其跡耳。所稱不無太過。然八司馬同貶之時。子厚欲以柳易播。氣誼振一時。詎眼見和叔藁葬。有不悲者。言藁葬者。薄葬耳。不必以土親膚。惟其悲之深。遂不覺其言之過。誄文纏緜往復。舉溫生平一一運以韻語。自麟死魯郊起。至堯舜是師。居然以道統歸呂溫。此文人溢美之辭也。顧不如是起。則道不勝禍一轉。爲無力。春秋之元。儒者咸惑。君達其道。卓然孔直。聖人有心。由我而得。此言溫從陸質得春秋之學。推理惟工。舒文以翼。則道及文章矣。奮藻含章。決科聯中。此言貞元十四年溫中第事。休問用張。署讎百氏。官校書郎也。錯綜逾光。超都諫列。遷左拾遺也。君登御史。贊命承事。爲吐蕃弔祭使也。來總征賦。甲茲郎吏。遷戶部員外郎也。正郎司刑。邦憲爲貳。賨羣爲御史中丞。請溫爲知雜。故云邦憲爲貳也。糺逖伊肅。詔誅具畏。此言宰相李吉甫召醫人陳登入宿。溫劾奏吉甫交通術士。庭訊無左驗。遂貶道州。以下均敍道衡二州政蹟。唯其廉貞。故死無餘蓄。結穴處用疑生所怪。怒起特殊。齒舌嗷嗷。雷運風驅。良辰不偶。卒與禍俱。則憑弔生平。哀其末路也。文緜細中。却極伉爽。進止皆有法程。是極善爲韻語者。

凡銘幽之文。有大勳業者。序近名臣列傳。其次述德行者。近儒林。述文章者。近文苑。又次則敍情款。敍悲。數種之中。惟敍情敍悲者。或足動人。以外三種。但求體例無失。敍述不漏而已。柳州集中此種文字。固不少。銘詞亦古宕。可以比肩昌黎。若一一加以評語。將不勝其繁。今試舉一二篇。見其製局之異者。如故連州員外司馬淩君權厝誌。故襄陽丞趙君墓誌。是也。淩君於元和元年。與子厚同貶。此誌子厚在永州時作。入手卽書於未卒之先。預言死徵。切肝腎之脈。知其濇與代。忽歎息其將不臘而死。並惜所學不終立於世。又信命而論鬼。預言其葬所。此種製局。乃大奇。以下始敘官閥。及立朝風節。能處大事。末乃述其流貶。母亡弟喪。歸怨於報應之無憑。此子厚本色之文。必極於牢騷而止。銘詞用三言。咸能卓立紙上。唯中間未清出三代。頗於體例不合耳。趙君之銘。則非銘趙君。直志其子之孝。造句怪特古鬱。製局尤奇。趙君渴葬。在貞元十八年。至元和十三年。其中間絕十七載之久。不封不樹。其子來章始壯。行哭求之於柳州。此又何可得也。來章哭之於野。凡十九日。秦詡（音直廉切或作利）爲卜其兆。至奇。鄙意兆詞或柳州代爲之製。兆出秦詡。詞則柳州耳。兆言必遇西人之有髯者。決得墓所。於是果遇曹信。知狀。發之。見緋衣緅衾焉。文雖怪岸。然以此表來章之孝。而其事復在柳州。安可無子厚爲之潤色。銘詞神似昌黎。有是奇事。自有是奇文也。凡事之愈猥瑣者。行文須愈莊重。此史漢之祕訣。韓柳可謂得之矣。

漁者之對智伯。設喻之文也。華色似漢京。氣勢似南華。詞鋒似國策。綜括大意。不過貪不知止。猶之螳螂捕蟬。黃雀在後耳。一二百言可盡。不值如許張皇。然既成爲繁衍之體。則不能不究其段落。入手自水灌晉陽生義。因是見此漁者。以下由小魚而希大魚。猶之滅范中行。因而圖趙。既得把握。可以迎刃而解。其間用字之斟酌。亦宜留意。如今主大巫水之大字以好臣之餌之好字日收者百焉之收字深怨而造謀之深字造字皆佳文不過發爲兩大段。前半悉力喻魚。後半卽以魚之貪而得死。喻智伯之貪而取敗。語語針對。卽語語發明。勝處在兩用徒手得焉。能自圓其說。試思鯉之來也。從魴鯉數萬。此何可盡得。惟其環坻漵而不能出。坻水中高也一曰小渚也漵水浦也故得之。鯨之來也。能驅羣鮫。此何可得。惟其北蹙於碣石槁焉。故得之。喻范中行之自敗。故爲智氏所有。然有難者。漁者之設喻。漁者之身。卽智氏之身。若言進而不已而致敗。則漁者之身。未嘗沈沒。又何足以譬智氏。至此。忽推開不言。但言漁者之來。爲釣文王而來。以文王譬智氏。智氏焉有不當。以下。遂可閒進以諷諭。惟不有此句作過渡。文勢將滯壅而不通。柳州聰明。能下此一語。卽從死中求活。讀者亦不可不悟。結論言臣恐主爲大鯨。首解於邯鄲。鬣摧於安邑。胸披於上黨。尾斷於中山之外。而腸流於大陸。爲鱻薨（二字見周禮鱻音鮮薨音槁）以充三家子孫之腹。讀之。似無首肯設喻之切當。不知此特喻中之喻。非設喻之正意也。文之本意。以漁者之貪。對智伯之貪言。非以大鯨喻智伯也。至漁者得鯨後。忽慕文王。因而求見智伯。此爲文字脫卸之機關。蓋萬不能言漁者得鯨後。別有他慕。自窮於死地。卽吾所謂死中求活法也。主爲大鯨句。是另起爐竈語。不過從喻魚意帶出耳。

愚溪之對憤詞也。亦稍傷排比。較諸愚溪詩序。實遜其淡冶。文舉惡溪。舉弱水。舉濁涇。舉墨水。四者。皆出愚溪之下。表愚溪之品。較勝於四者。此託夢神之言。以自方也。清美有功。力能濟人。表溪之能。亦卽所以自表其能。在理無可愚之實。然一經柳子之好。則溪與柳合一。亦不能不成爲愚。此文字之樞紐。樞紐一握。下此遂易發議論矣。貪泉一喻。尤見水與人有關係處。人可因水而貪。則水亦可因人而愚。行文至此。眞顚撲不破。下此言遠王都三十餘里。喻淪謫也。側僻迴隱。蒸鬱之與曹。螺蜯之與居。喻所接皆鳥言夷面之人也。騬騬以遊汝。闖闖以守汝。（闖馬出門貌）喻僻處無歡也。正喻夾寫。不辨其是水是人。復言汝不得顯者臨汝。獨見獲於至愚之遷客。當汝爲愚。似溪之運命應爾。至此直將愚字坐實溪身矣。以上所言。尙嫌其不甚顯豁。復引起夢神一問。於是大放厥詞。極寫己身之因愚而得禍。却實向夢神愬說一番。有悔過意。有引罪意。則發其無盡之牢騷。洩其一腔之悲憤。楚聲滿紙。讀之肅然。天問多泥當時舊說。語雖奇古。而設問之詞。多可笑。如天有八柱。月死復生。天圓地方等等。皆新學未發明時語氣。可不必講。卽其造語之工。亦不易學。晉問者。仿枚乘七發體。七發所以隱諷老濞。於是仿者至衆。咸以七名。晉問亦七。不云七問者。避其名也。子厚晉人。重堯之故都。因武陵之問。悉以晉之名物對。一言山河之險固。雖規橅都京。好用奇字。形容山水。然時時見造語之工。非專取隱僻之字。用術淵博。（如攫秦搏齊轟雷怒風驟雲遁雨皆奇句也）次言兵甲之堅利。然較諸描摹山川險阻。少欠展拓。亦不易形容。中間如著雪山冰谷之積。觀者膽掉。（徒吊切）目出寒液。（淚也）當空發耀。英精互繞。晃蕩洞射。天氣盡白。日規爲小。鑠雲破霄。跕墜飛鳥。（釋文跕跕墜落也都牒切又它協切）諸句。直逼漢魏賦手。與第一段亦銖兩相稱。又次言晉國名馬所產。以屈在晉地也。寫名馬。較寫兵甲。易抒其雄放驁盪之氣。如羣飲源槁。廻食野赭。浴川躄浪。噴震播灑。言馬之衆也。喜者鶻厲。怒者人搏。決然坌（坌蒲悶切）躍。千里相角。攫地跳梁。堅骨蘭筋。交頸互齧。鬥目相馴。聚溲更噓。昂首張斷。寫馬之態也。較諸少陵東坡詠馬諸作。似別開生面矣。又次言晉產名材。然木長於山。既采則乘河流而下。寫木不能不兼敍山川。不知者似於第一段微有複沓之筆。然敍山則言因山而伐木。敍水則言因勢而漂木。初不相混。尤妙者捎危顛。芟繁柯。乘水潦之波。以入於河而流焉。盪突硉兀。（硉兀危石也 硉郎兀切）轉騰冒沒。類秦神驅石。以梁大海。（用三齊略記神人驅石事）抵曲麟躄。匯流雷解。捽首軒尾。（說文捽持髮也 昨沒切）澒入重淵。（澒大水濛澒也 胡動切）僕在南中。見采木者。乘溪漲而下。適肖此可狀。讀之。歎子厚體物之工也。又次言河魚之多。又次鹽之利。奇氣少殺。以魚鹽二事。難於著筆也。終敍文公霸業。言民之好義。而任力近矣。然仍歸本於王道。以儉讓爲宗。率堯之遺風。醒出用意所在。以文始以質終。

答問及起廢答皆解嘲語。答問之文。不及進學解之恢張。起廢答略趣。然罵世太酷。文語語皆柳州本色。惟狃於數見。故亦平易視之。

天說至奇。因韓氏之言。而與之伸辯也。柳氏斥韓氏爲激。實則韓氏尙謂天爲有知。不過有知而倒行其賞罰。似咎人不應鑿渾沌之竅。而施其智力。故天罰之也。柳氏之詞。則不激而近藐。藐天之無知。並謂不信其有賞罰。凡爲賞爲罰。均自人目中所見。而天一不之知。明似平韓氏之憤。慰韓氏之悲。乃不覺斥造化之漫無彰癉處。爲語更激。猶之人詆桀紂爲顚倒順逆。福惡來而禍比干。此尙近情之言。甚者謂桀紂如毒蛇猛獸。一無所知。但能禍人。並無喜怒恩怨。語似寬縱。實則詆天彌甚。則謂之二氏皆激可也。文言元氣陰陽之壞。人由之生。此語不知據何理而言。妙在繁而息之者。物之讎也句。把人物合併而言。蟲者。物之讎。病者人之讎。而人者。大之讎也。蟲與病。能戕人物。則人亦能戕天之物。故天之讎人。亦由人物之讎蟲病耳。讎天而求天之福。是大不然之數。故受罰滋大。以上所言。均主天之示罰言。然終不能言人之害。轉邀天之功。故言吾意有能殘斯人使日薄歲削。是則有功於天者也。比是用虛寫之筆。總言之。韓氏眼中但見得善人不受福於天。故有此語。然此說不見之韓集。意者因柳之貶。爲此憤懣之詞。用以慰柳。柳因爲之進一解焉。隱言己身之禍。與天無涉。天地之中。有元氣。有陰陽。然元氣既謂之渾然。則一切不管。功焉而不知所以報。害焉而不知所以禍。其偶然得福。偶然得禍。萬不算是賞罰。謂爲賞罰者。謬也。二氏之說。於聖人畏天命說大歧。然行文奇詭。言人所未嘗言。自是韓柳鉤心鬭角之作。

柳州集。託諷之文。可采者有五。曰䳺說。曰捕蛇者說。曰說車贈楊誨之。曰謫龍說。曰罷說。

鶻說。主報施言。正意尙不吐露中間神光湧見處在無位號爵祿之欲。里閭親戚朋友之愛。著一無字。覺罵世之言。全不坐實。歸入出乎鷇卵句。人不如鳥。在有意無意間點淸。工夫又全在上句一個器字。言毛翮之物。原不爲仁義之器。然無欲。則爲此不算沽名。無愛財。行此不爲狥私。區區以用其力之故。遂愛其死。忘其飢。鶻之明理近道。乃出天然之鷇卵物。無其器而有其道。則明明爲人者媿死矣。罵到此處。以賤躐貴。以物淩人。亦可止矣。然未痛快也。率性再舉梟鼠一比。二物陰而嘿。鶻則陽而厲。厲則近盜。然鶻之所爲弗盜。去陰賊者遠矣。仍是就鶻說鶻。不涉人事。末至毛翮不辭但思奮乎太淸。則憤世極矣。或言人有爲子厚所卵翼。而不知報。故斥爲鶻之不若。似亦有理。

捕蛇者說。胎苛政猛於虎而來。命意非奇。然蓄勢甚奇。當其租入句。是通篇發端所在。見得賦役之酷。雖祖父皆死。猶冒爲之。然上文止言歲賦其二。未爲苛責之詞。而役此者實日與死近。此處若疾入賦之不善。或太息。或譏毀。文勢便太直率矣。文輕輕將更役復賦四字。鞭起蔣氏之言。且不說賦役與捕蛇之害。作兩兩比較。但言民生日蹙。至於死徙垂盡。縮脚用吾以捕蛇獨存爲句。屹如山立。然此特言大略。但就民之被害而言。尚未說到官吏所以病民之手段。悍吏之來吾鄉六字。寫得聲色俱厲。此處若將蛇之典實拈采掩映。便立是墜落小樣。妙在恂恂而起。弛然而臥。竟託毒蛇爲護身之符。應上當其租入句。文字從容暇豫中。却形出朝廷之弊政。俗吏之殃民。不待點染而情景如畫。收處平平無奇。

說車。近詞費。然造句峭勁。須學其用字練字法。

謫龍說。重要在非其類而狎其謫句。想公在永州。必有爲人所侵辱者。文亦淺顯易讀。

罷說。在不善內而恃外句。與謫龍說同。似信手拈來。得此句後。始足成全文者。

文士原不爲達官立傳。而子厚身爲黨人。爲謫官。想無中朝者碩託之爲傳者。且又不領史職。以故集中率多寓言。凡善爲寓言者。只手寫本事。神注言外。及最後收束一語。始作畫龍之點睛。翛然神往。方稱佳筆。子厚之宋清傳。郭橐駝傳。梓人傳。均發露無餘。似宋清橐駝梓人。皆論說之冒子。其後乃一一發明之。即爲此題之注脚。文固痛快淋漓。惜發露無餘。不如蝜蝂一傳之含蓄。

子厚擬騷。於諸賦中已見之矣。然自乞巧以下諸文。雖命意純駁不一。而楚聲古均。大非有唐諸人所及。

乞巧文意本解嘲。而體則祭祀。事屬兒女。而語則牢騷。且入手敍天孫嬪河鼓。悠謬之談。公然見之文中。此在詩家詞家或能出以纖詞。施諸韻語。而文近祭祀。斷難如此著筆。文乃曰今聞天孫不樂其獨得貞卜於玄龜。將蹈石梁。款天津。儷於神天。於漢之濱。寫得欽嚴莊麗。一似織女牽牛七夕之會。確有其事者。於是從乞巧二字。舍去穿針瓜果事。描出巧言巧官諸醜態。借一巧字。痛罵一場。以小題目爲大文字。造語橫空盤硬。不下昌黎乞哀之第一段。特出拙字。拙字爲巧之反面。言乾坤之量。可以曲包。蟻蝸螺蚌之屬。皆蒙覆幬。臣爲物之靈。進退唯辱。何也。此是發問之始。至變情順勢。射利抵巇。我憎之而彼乃反用以爲奇。此臣心執而不移之故。亦自知之。夫執卽不巧。此是自咎無能之詞。此宜乞之第二段。次言此等之巧。臣奚不知。顧一效之。則轉形瞋怒。似巧中別有工夫在內。所以宜乞。此宜乞之第三段。次則舉不巧之身。與巧夫比較得喪。其辭曰。欣欣巧夫。徐入縱誕。毛羣掉尾。百怒一散。世途昏險。擬步如漆。左低右昂。鬭冒衝突。鬼神恐悸。聖智危慄。泯然直透。所至如一。是獨何工。縱橫不恤。非天所假。彼智焉出。此則坐實造化之相巧夫。而獨嗇其傳授於己。所以必乞。此又宜乞之第四段。以上言巧宦抱虛求進之工夫。描寫精透已極。以下斥巧言矣。沓沓騫騫。非善言者也。工夫在知喜怒。測憎憐。所以如意。臣之所以不如者。在喑抑莫宣。無可歸怨。不能不歸怨於賦授。且口之所宜。與筆之所達者。爲文。文亦言也。顧以抽黃對白之技能。使觀者舞悅。則已負高世之文。自然斥爲老醜。雖跪呈豪傑。徒見投棄。取辱至矣。此一段不是乞。是質問語。到底世之所謂巧者安在。天之賦人以巧者。亦何至美醜顚倒如此。付姿媚。易頑顏。鑿方心。規大圓。拔吶舌。納工言。一切陳請。皆以反面爲正面語。度天孫所萬辦不到者。偏吐此難題。經天孫示夢一勸戒。謂汝惟知恥。諂貌淫詞。寧辱不貴。自適其宜。醒出本意。似此說雖經天孫和解。究據勝著。雖近詞費。然擬騷不得不如此。

晁無咎曰。離騷以虬龍鸞鳳。託君子。以惡禽臭物。指讒。王孫。尸蟲。蝮蛇。小人讒佞之類也。其憎之也。其罵之也。投畀有北之意也。其宥之也。以遠小人不惡而嚴之意也。

罵尸蟲文。洩露無味。

憎王孫文。幽渺峭厲。能曲狀小物。皆盡其致。

宥蝮蛇文。在三篇中爲第一。以不宜宥而宥。竟言出所以得宥之理。良爲仁者之言。入手述僮言。甚兇厲。似犯人死不治。一不宜宥。又善伺人。捷取巧噬。二不宜宥。不得人而齧草木。後人來觸死莖。猶得廢病。三不宜宥。文似無可翻身矣。妙在不問蝮蛇。先問蝮蛇得處。以下卽可納入全身遠害之意。要在密居易庭。不淩奧而步閭。蝮雖毒。惡得害。雖然。此猶就人而言。若在蝮者。賦怪僻之形。含禍賊之氣。受之於天。非蝮之罪也。憐且不暇。何由加怒。純是一片仁恕之言。蓋子厚嘗世變深。知小人之毒。萬不能校。只合聽之而已。方有此作。凡慨世之言。慨深甚於詈酷也。辭仍序意。重說一過。不過有韻與無韻之別耳。

哀溺文。與蝜蝂傳。同一命意。然柳州每於一篇寓言之中。必有一句最有力量。最透闢者鎮之。文言永民善游。乃以腰千錢之故。不舍而溺。序之結尾。卽曰。得不有大貨之溺大氓者乎。語極沈重。有關係。文中如旣浮頤而滅膂兮。不忍釋利而離尤。髮披鬤而舞瀾兮。魂倀倀而焉游。寫溺狀如畫。

招海賈文。踵大招而作。屈原將死。精神離散。防爲鬼物所窘。故大招其魂。言皆不如楚國之樂。柳州此文。卽變其義。謂胸利遠游。亦不如故鄉之樂。用諷世人。但居易切勿行險。文凡九段。前七段。一言海之神怪多。氛霧甚惡。易至迷惘。第二段。言奔螭翔鵬天吳之屬。皆足害人。第三段。言黑齒之⿰齒戔齴。（⿰齒戔士眼切）（齴魚蹇切）三角之駢列。（鯪魚也）直將攫人以充饑。第四段。敍弱水之險。負羽無力。觸之立沈。第五段。言奫淪之泙八方。或因迴旋而易位。舟行且不自返。第六段。言舟行殆而一跌。卽沸入湯谷。爲日炙死。第七段。言海若一怒。足生風雷。九垓且翻。況在一舟。此所以必當反也。至第八段。勸其易野而蹈。蹂乎厚土。則舍險而卽安矣。第九段。引膠鬲諸賢。專居陸之利。俾海勿行而就險。上七段。語其害。下二段。舉其利。文至明顯。句至奇崛。

子厚初志。託二王以進。意亦欲盡忠款於王室耳。二王既敗。悔憤交迫。往往取古人之懷忠貶死者。用以自尤。因之多騷怨文字。萇弘事與子厚至不相類。周以范中行之難。殺萇弘媚晉。唐非封建之國。子厚又不因强國之刼脅而流貶。弔之無謂也。大抵以莊周所言萇弘死。藏其血三年。而化爲碧。子厚一腔熱血。自謂不後萇弘。因有此弔耳。文自有周之羸起。至大夫之羞。著意在臣乘君則一語。欲强宗周。故有成周之城。此一段敍萇弘之忠誠也。遂接入河渭之潰。非軀所抑。嵩高之陊。（丈爾切）非手所排。以欲明章人極之故。卒就制於强國以死。於是忠讜去。而畏忌生。寧病百而不肯伸一矣。此處忽大聲高唱言挺寡校衆。聖人所難。唯欲援羸威懒之故。遂致殺身。卽城成周。豈爲夸功。彼彪子之言。故作解事。直舍道而從世。亦復何取。指白日版上帝以下數句。極狀萇弘之懷忠而寃死。狃愬（音紅飛聲也）號辭。均屬無濟。但心涸形慄而已矣。圖死而慮末兮。非大夫之操。陷瑕委厄兮。固衰世之道。兩語反言也。下云。不可愈進。正是萇弘之心。末以賢者樂得死所爲結。清出敬弔忠臣之正意。弔屈文賈誼爲之。揚雄亦爲之。子厚則又爲之。誼忠憤。自謂以忠見屏。故理直而詞悲。雄自謂儒者。責原不必沉身以表直。子厚之得罪。以所附非人。不能掏己所懷。如賈生之憤激。故文中但敍屈原之被讒懷忠而死。極力搬演。似無甚意味。以永邵二州。皆宜浮湘。似爲謫官應有文字耳。

霹靂琴贊。引愈於贊。引中之言曰。琴莫良於桐。桐之良。莫良於生石上。石上之枯。又加良焉。火之餘。又加良焉。五用良字。語有深淺。讀之不見其贅。子厚以累刼之身。殆以焚餘之桐自方。累用良字。是否身分語。子厚三戒。東坡至爲契賞。然寓言之工。較集中寓言諸作爲冷雋。不作詳盡語。則諷喩亦不至漏洩其本意。使讀者無復餘味。臨江之麋。喩恃寵之小人。所謂羣犬垂涎揚尾皆來者。則妬寵者將進而掊之也。日抱就犬。則用大力刼脅。使嫉者毋動也。忘己之麋。謂犬良我友。識小人之無檢而不知備也。時啖其舌。則兕啖露矣。至外犬之共殺食。則主者之勢不及。或毀衰而事去。平日積憤於人。至是挫而盡之。此小人收場之必至也。文不涉人。而但言麋。讀之灼然自了其用意之所在。

永某氏之鼠。與前篇大同而小異。麋之恃寵。穉耳。如董賢之類。不過寵盛勢貴。尙不至於害人。然其道已足以取死。永之鼠。則分宜之鄢懋卿趙文華耳。倉廩庖廚。悉以恣鼠不問。名爲寵之。是預授之以殺身之機。倪鼠相告偕來某氏。則小人之招其黨類。稱曰無禍。亦就小人眼中所見而言者。至竊齧鬬暴。其聲萬狀。則小人黨中之自鬨。因利而爭。勢所必至。迨後人來居。鼠爲態如故。曲繪小人之無識。禍至不知斂懼。假貓灌穴之事。遂了了在人意中。文用彼以其飽食無禍爲可恆句一束。可恆二字中。含無盡慨歎。見得權臣當國。引用黨徒。迨一旦勢敗。則依草附木。恣爲豪暴者。匪不盡死。顧終以利故。

一不之悟。此所以可哀也。

黔之驢。喻全身以遠禍也。驢果安其爲驢。尙無死法。惟其妄怒而蹄。去死始近。孔北海禰。正平。皆龐然大物也。乃不知曹操黃祖之爲虎。怒而蹄之。既無異能。終至於斷喉盡肉而止。故君子身居亂世。終以不出其技爲佳。若徐穉梅福茅容者。可謂其眞不爲驢者矣。

劍門銘。紀度支副使劉闢之亂。旌神策軍使高崇文之功也。序文至嚴重宏麗。多以四字爲句。昌黎集中碑版之文。亦恆如此。其用四字爲句。非取其短悍也。敍事能縮繁爲簡。鱗比而下。則氣聚而不散。響徹而難枵。尤足澤以古雅之詞。惟時時復濟以長句。始不至於自促其步武。文入手言蜀都重險。多貨。混同戎蠻。人龐俗剽。嗜爲寇亂。意謂卽無劉闢鼓盪其間。蜀亦不靖。直接入皇帝元年八月。師喪衆暴。此言韋皋卒。部曲叛也。自妖孽扇行起。至於堅利鋒鏑。以拒大順止。咸斥劉闢之叛。其下將起討罪之嚴公。却用雷霆之誅莫已加句。一蘇其氣。則以上所用之短句。便不迫促。惟梁守臣禮部尙書嚴公（名礪）十字。寫得鄭重。以下敍王師之紀律。主將之仁信。十一月右師逾利州。左師出劍門。寫破賊之狀。則曰。大攘頑嚚。諭引刼脅。蟻潰鼠駭。險無以固。敍崇文之功。則曰。由公忠勇憤悱。授任堅明。謀猷弘長。用能啓闢險阨。夷爲大塗。衰沮害氣。對乎天意。致用休嘉。議功居首。增秩師長。進爲大藩。宅是南服云云。語語皆含古穆之氣。讀之令人氣肅。銘詞亦激壯。

鞭賈一篇。子厚蓋借以諷空空於內者。賈技於朝。求過其分。而實不足賴。然命題既仄。而鞭之內空外澤。又至難寫。子厚偏於仄題中。能曲繪物狀。匪一不肖。不惟筆妙。亦體物工也。其狀鞭曰。視其首。則拳蹙而不遂。視其握。則蹇仄而不植。其行水者。一去一來不相承。其節朽黑而無文。掐之滅爪。而不得其所窮。舉之翾然。若揮虛焉。翾飛也純招言切拳蹙不遂者。態可憎也。蹇仄不植者。品無取也。行水不相承者。儀不足也。節朽愚而無文者。傖也。掐之滅爪。而不得其所窮者。疎而無學也。翾然若揮虛者。神氣昏瞀。不足任以事也。一鞭之徵。比虛名之士。乃窮形盡相而無遁焉。然仍見取於富者。則黃澤耳。至爚以湯濯。黃者梔見澤者蠟見。然仍試之。必至於折爲五六。露其糞壤之心。然後已。喻當路之任用小人。明明知其梔臘。然堅一已之私見。屏大衆之公論。用張其氣。無古無今。恆如此也。通篇命意。原斥用人者之不善。然實惡無學而冒虛名者之矯作。意入手言市之鬻鞭者。人問之。其賈直五十。必曰五萬。復之以五十。則伏而笑。以五百。則小怒。五千。則大怒。而以五萬而後可。寫抱虛求進處。歷歷如繪。至結穴以空空之內。糞壤之理。而責其大擊之效。惡有不用其折。而獲墜傷之患者乎。理明詞達。全局都醒矣。

昌黎之文。雖裴度猶引以爲怪。矧在餘人。千秋知己。惟一柳州。故昌黎之哭柳州。尤情切而語摯。即如毛穎一傳。開古來未開之境界。較諸餓鄉記尤奇。則宜乎貪常嗜瑣者之笑也。昌黎每有佳製。柳州必有一篇與之抵敵。獨毛穎傳一體無之。故有讀毛穎之作。俳字。是通篇之主人翁。以下節節。爲俳字開釋。引詩。引史書。均爲昌黎出脫。太羹玄酒外。嗜者尙有菖蒲芰與羊棗之類。見得古文於道理之外。拘極而縱。殊無傷也。然使裴晉公讀之。則柳州亦將爲昌黎分謗矣。

西漢之文。柳州平日之所從事也。柳州處唐之中葉。舍昌黎外。莫與抗者。聲響侔乎騷。光色合乎漢京。故序其弟宗直西漢文類。言之特詳。文入手。將記事記言分劃。以尙書春秋。歸入記事類。而以春秋後語爲記言。又病其不協於道。西京文近古。而又畔散不屬。正以記言與記事雜。不能各有列位。而從其序。宗直以賦頌詩歌書奏詔策辯論之辭。歸入於文。以尚書戰國策。成敗興壞之說。歸之於事。所謂類者。當矣。以下始大發議論。謂殷周之前。其文簡而野。魏晉以降。則盪而靡。漢處其中。有賈董司馬遷相如之徒作。風雅益盛。敷施天下二百三十年間。其文充簡册也。收處稱貞元之文。比盛於漢。是文中應有之言。文至簡要。不爲泛博之論。起訖皆有法程。

楊評事文集後序。仍分二類。以辭令褒貶。歸本於著述。以導揚諷諭。歸本於比興。著述則宜藏於簡册。比興則宜流爲謠誦。然皆偏勝獨得。未有兼者。兼者。乃盛推陳子昂。而文貞曲江。猶其偏勝者也。文縱論至此。似乎楊評事之文。亦能兼是二者之長矣。顧但論其以文得名之故。疾入不數年而夭。故不能肩隨子昂。但有具體。玆其可惜者也。所以有追惜悼慕之言。不坐實不過譽。言至得體。

贈序一門。昌黎極其變化。柳州不能逮也。集中贈送序。亦不及昌黎之多。語皆質實。無伸縮呑咽之能。唯送薛存義之任序。眞樸有理解。甚肖近來所稱爲公僕者。其言曰。凡吏於上者。若知其職乎。蓋民之役。非以役民而已也。凡民之食於土者。出其十一。傭乎吏。使司平於我也。今我受其直。怠其事者。天下皆然。豈惟怠之。又從而盜之。向使傭一夫於家。受若直。怠若事。又盜若貨器。則必甚怒而黜罰之矣。文雖直起直落。無迴旋渟滀之工。但一段名言。實漢唐宋明諸老所未能跂及者。柳州見解。可云前無古人。

凡紀勝之文。名迹之有數目者。部署最不易妥帖。八愚之詩。統之以愚溪。是溪上之所有者。均隸於是溪者也。以溪爲綱。以邱泉溝池諸物爲目。孰則弗知。所難者。能以歷落出之。愚邱。愚泉。卽由愚溪帶出。溝池二物。則又自愚泉生也。邱也。泉也。溝也。池也。雖出人力。然但資遊涉。非燕魚之所。於是生出愚堂。愚亭而愚島則又生自愚池之中。以愚辱焉。是總把上文一束。然冒冒失失。把一切溪山辱之以愚。決不能無說以處此。遂極狀溪之不適於世用。用以自況。歸到此溪。不幸而遇愚人。則加以愚名。亦不爲無因。顧愚者。拙名也。萬非含垢納汙之比。故又稱善鑒萬類。則識力高也。清瑩秀澈。則立身潔也。鏘鳴金石。則文章麗則也。凡此皆溪之所長。而愚字又溪之所短。名爲愚之。實則非愚。茫然不違。昏然同歸。是莊列學問。不過世人目中。見爲愚耳。文極舒徐。無牢騷意態。

序飲。短質悍勁。語語入古。且曲狀情事。匪微弗肖。蘭亭之集。紀流觴也。然右軍散朗。但略記其事而已。子厚則窮形盡相。必繪出物狀。以盡其所能。且愚溪之流觴。與蘭亭亦少異。蘭亭但流觴取飲。愚溪則兼有投籌之戲。過洑則籌迴。遇坻則籌止。失勢則籌沈。文連用三而字。省筆也。然此但敘令耳。籌入水中。頗不易狀。乃曰。旋眩。滑汩。舞躍。遲速。去住。又助以觀者之勢。覺籌舞水中人抃石上。兩兩均有生氣。直能頰上添毫矣。後段增入昔人飲酒。禮檢與放達不同。不無少贅。然卽歸入本位。覺點染處尚不爲虛設。

柳州集中有序隱遁道儒釋一門。製詞命意。固有工者。然終不如昌黎之變化。且釋氏之文逾半。從略可也。

廳壁記。記官中事也。或紀設官之緣起。或摭官中之故實。或詳官署之改革。或載朝廷之律令。語必近莊。然不能參以文牘。詞必近典。然不能雜以駢儷。柳州監祭使壁記。甚沈肅。稱題。舊史職官志。監察御史。監祭祀。則閱牲牢省器服。不敬。則劾祭官。新史志云。監察御史。涖宴射。及大祠中祠。視不如儀者。以聞。據此。則監祭之使。彈劾至有權力。然使禮官也。記使之廳壁。則不能不述禮敬事。因引檀弓起。以敬爲禮之本。以下始述使之職分。至雖當齋戒。得以決罰止。結淸上文。聖人之於祭祀句起。發明所以致敬之故。不惟行禮。直寓教敬教愛勸善之意。分祀事爲三種。奉法守制。尊責成於祭使。以下列敘祭品。樂器。祝詞。燔燎瘞埋之事。嚴重如讀禮經一節。然結穴仍不脫一敬字。後幅敘領職之由。故必爲記。作禮官警覺之用。與文格合。

柳州記不惟此一篇。然以下格式及文之義法。多不能出此範圍。

柳州之記池亭。其精妙處。不減於記山水也。

潭州楊中丞作東池戴氏堂記。美楊公。兼美戴氏。語易偏重。頗難著筆。導泉而成池者。楊憑也。受池而爲堂者。戴簡也。稱戴簡之離世樂道。而語卽出諸楊公之口。則楊戴道合。戴之能離世樂道。獨楊知之。始有此池之賜。則雖盛戴簡。楊公到底終有知人之明。萬萬不至於偏重。此是文之慧黠處。其下稍分離世樂道爲兩小段。均美戴氏。卽提入一筆曰。賢者之舉也。必以類。當弘農公之選。而專茲地之勝。豈易而得哉。說得楊戴之合。雖二實一。神注戴簡。却不曾把楊憑拋荒。妙如連環鎖鈕。殊不易得。此下復將離世樂道例說。言戴氏行高文峻。道懋。則離世之志。必將不果。復迴顧到楊公之得人。一處不曾放鬆。殊爲記中之極筆。

凡記亭台山水。有經巨人長德。營搆題詠游涉之處。則後來爲之記者。殊易爲力。若公在永州。一荒昧不闢之區。必待糞除。其勝始出。是永州諸勝。均係諸公之一言。則非極力描摹。山容水態。亦不易流傳於藝苑。集中諸文皆佳。而山水之記尤爲精絕。雖大同小異。然各有經營。韓公猶望而卻步。何論其他。

永州韋使君新堂記。與萬石亭體同。入手言人功不勝天然之物。此亦尋常用意。然堂外山水。雖屬天然。特非人力芟行焚釃。奇勝亦不能出。此其所以異也。逸其人。因其地。全其天。寫得鄭重。似此山此水。有待韋公而闢者。項筆用永州實惟九疑之麓八字。見得奇勝不少。顧環山爲城所掩。全石皆隱。美惡雜亂。似安排此一段工程。待韋公來治者。其下按入公之芟行焚釃。於是景物突出。又似專待堂成。爲之收束。乃作棟宇。以爲觀游句。淸出堂成。於是堂外諸景。皆歸納入此堂之內。邇延野綠。遠混天碧。的是名句。而斯堂與斯景。竟合併在一處矣。以上均敍斯堂。此下則宜入韋公。顧政績未見。不過治此爲游觀。實無頌美之材料。因土得勝。擇惡取美。蠲濁流淸。則無中生有。即以成堂。預卜韋公後來之政績。並欲用示後來。故不能不爲之記。枯窘題。能展拓如是。非大家莫能跂也。

萬石亭。亦恃崔公披攘而出。機杼與前篇同。一經求墟伐竹披奥。而萬石之狀皆露。渙若奔雲。至疑若搏噬止。悉窮石狀。顧有是萬石。不能據要而俯覽。

則所謂萬石者。亦不能歷歷皆貢於眉睫之下。此處安頓一亭。大有工夫。觀文中乃立游亭。以宅厥中。直亭之西。石若掖分。十六字。則據要爲亭。一覽而景物頓異矣。又觀其上青壁斗絕。沈於淵源。莫究其極。則此亭必當石壁之右。石勢自亭外下趨。及水而止。石根已不可見。此是自亭下矚之石狀。然不能不仰溯而求其峯極。乃峯勢非博。其上小山。必如螺髻。緜亙而作遠勢。故文言合乎攢巒。與山無窮。此種山。甚類黃鶴山樵所寫者。文至此。截然而止。蓋亭立而山之勝狀盡爲此亭所有。可以不更敍矣。其下言耋老來賀。取名萬石。爲古人適有萬石之名。用以爲證。歸入頌禱意。作收束。毫不著力。

零陵復乳穴記。中有連之人告盡者五載。則乳穴當在連山郡。不在零陵。乳本未盡。以縣官之苛求。而始告盡。題之枯窘。本無可著筆。邦人之謠。決無此古雅。必爲公潤色。不惟潤色。實製自公手。文無他長。專在用字造句。徒吾役而不吾貨也。貨字是代酬字。是以病而始焉。病字是代苦字。先賴而後力。賴字。是代利字。冰雪之所儲。儲字是代積字。豺虎之所廬。廬字是代窟字。以上純用換字法。收處承上祥字。作翻騰音節。旣古筆尤狡譎。

道州薛伯高毀鼻亭神記。中有州民之歌。子厚又作鎗手矣。歌曰。我有耆老。公燠其肌。我有病癃。公起其羸。髫童之囂。公實智之。鰥孤孔艱。公實遂之。孰尊惡德。遠矣自古。孰羨淫昏。俾我斯瞽。千歲之冥。公闢其戶。我子洎孫。延世有慕。試聞歌中音節。歌中氣味。及其顏色。是否柳州所爲。若果無所謂歌者。不作可也。矯作轉不足以傳信。然文敘伯高之果毅。力毀淫祠。却寫得生氣勃然。

永州龍興寺東邱記。奧曠並重。然自屛以密竹。聯以曲梁以下。專寫奧字。於曠字意特略。然而奧字可使之曠。曠者不能使奧。因緣縟幽蔭而成奧。則芟除又立見其曠。今防遊者以邃爲病。而後來之奥。萬不足恃。故記之。用戒後之披攘者。又盛狀奥字之美。似歌非歌。爲有韻之文。意在留奥。正以配曠。愼勿披勿攘。行文雅有殊致。

永州龍興寺西軒記。則又主曠而不主奥。其曰戶之外爲軒。臨羣木之杪。無所不矚焉。三語。氣象包羅。其下可以不贅餘語矣。收筆用佛氏之言。可以轉惑見爲眞智。卽羣迷爲正覺。捨大闇爲光明。尤稱開軒之意。

黃溪一記。爲柳州集中第一得意之筆。雖合荆關董巨四大家。不能描而肖也。入手摹漢書西南夷傳。永最善。黃溪最善。簡括入古。其下寫石狀矣。其最奇麗動目者。則略若剖大甕。側立千尺。溪水積焉。則此石必高立。虛其腹若半瓠。所云溪水積者。石之下半。仰出溪底。溪水既平。遂漫此剖甕之下方。其云黛蓄膏渟者。水抵石而止。石上蒼綠之色。下映水中。故云黛蓄。所云來若白虹者。溪受天光。而白垂至石下。石之上半傴凹。故云剖甕。水勢雖來若白虹。抵石無去路。故云沇沇無聲。魚之來會石下。非會也。乘漲而入破甕之內。不能更出耳。如此奇石。有其大者。則必有其小者。有其高方者。則必有其巉峭者。其下云。石皆巍然臨峻流。若頦頷齗齶（頦頤下也齗齒根肉也）者是也。其下考據黃神。淸出溪之所以名黃者。是文中應有之意。

鈷鉧潭。非勝槪也。但狀冉水之奔迅。工夫全在一抵字。以下水勢均從抵字生出。水勢南來。山石當水之去路。水不能直瀉。自轉而東流。故成爲屈折。屈字。卽抵不過山石。因折而他逝耳。其所以盪擊之故。又在顚委勢峻四字。勢者。水勢也。委者。潭勢也。水至而下迸。注其全力。趨涯如矢。中深者爲水力所射。涯字似土石雜半。故土盡至石。著一畢字。卽年久水齧石成深槽。至此不能更深。乃反而徐行也。其下買潭上田而觀水。語亦修潔。惟曲寫潭狀。煞費無數力量。非柳州不復能道。

鈷鉧潭記。記水也。鈷鉧潭西小邱記。記石也。狀石易於狀水。神氣全在嶔然相累而下者。若牛馬之飲於溪。其衝然角列而上者。若熊羆之登於山。相累是下趨狀。角列是上挺狀。其下目謀耳謀。神謀心謀。四謀字以外虛成內徹。似有見道之意。其下復冀及貴游者之爭買。則名心到底不忘。仍與愚溪詩序。同一口吻。

小石潭記。則水石合寫。一種幽僻冷豔之狀。頗似浙西花塢之藕香橋。坻嶼嵁（五男切）巖。非眞有是物。特石自水底挺出。成此四狀。其上加以清樹。翠蔓。蒙絡。搖綴。參差。披拂。是無人管領。艸木自爲生意。寫溪中魚百許頭。空游若無所依。不是寫魚。是寫日光。日光未下澈。魚在樹陰蔓條之下。如何能見。其怡然不動。俶爾遠遊。往來翕忽之狀。一經日光所澈。了然俱見。澈字。卽照及潭底意。見底卽似不能見水。所謂空遊無依者。皆潭水受日所致。一小小題目。至於窮形盡相。物無遁情。體物直到精微地步矣。潭西南而望。斗折蛇行。明滅可見。此中不必有路。特借之爲有餘不盡之思。至竹樹環合。寂寥無人。文有詩境。是柳州本色。

袁家渴記。於水石容態之外。兼寫艸木。每一篇。必有一篇中之主人翁。不能謂其漫記山水也。舟行若窮。忽又無際。此景又甚類浙之西溪。大抵南中溪流。多抱山。山趺入水。兩山夾之。則溪流狹。山趺一縮。則溪面卽宏闊。初行若窮。舟未繞山而轉也。忽又無際。則轉處見溪矣。大木楓柟。小艸蘭芷。在文中點綴。却亦易寫。妙在拈出一個風字。將草木收縮入風字。總寫凡紛紅駭綠。蓊葧香氣。衝濤旋瀨。退貯溪谷。搖颺葳蕤。與時推移等句。均把水聲花氣樹響作一總束。又從其中渲染出奇光異采。尤覺動目。綜而言之。此等文字。須含一股靜氣。又須十分晝理。再著以一段詩情。方能成此傑構。

柳州山水近治可遊者記。質樸如昌黎晝記。似水經注。

寄京兆許孟容書。詞語至哀痛。而段落又至分明。逐層皆有停頓。雖不如昌黎之穿插變幻。到喫緊處。偏放鬆。及正面時。轉逆寫。然亦自成爲柳州氣格。此無他。性情眞。而文字亦無有不動人者。開端言得罪五年。故舊大臣。無書見及。見得得京兆之書。自極寶貴。所難又在貧病瘴癘之鄉。此是推進一層寫法。愈推進。則京兆之書亦愈重矣。宗元早歲與負罪者親善。是自承不應親近二王。然自問夙心初不爲惡。至於羣言沸騰。鬼神交怒。則皆不知愚陋。不可力强之故。所以有不測之辜。然咎由自取。不敢怨人。而所難防者攻己之短。皆當日有求不遂之人。彼塡門排戶。百不一得。怨讟詆訶。均由此輩而起。所以衆矢交集。此皆京兆眼見。故能曲諒己心。不惜一箋相投也。幸獲寬貸。是不敢觖望語。迷不知恥。是尙有希望意。以下三段。念嗣續。思營兆。懷慽廬。皆出自謫宦思歸之心緒。自古賢人一段。廣徵古來受誣得罪之人。又引鄭詹鍾儀諸人。冀可得生。然微嫌詞費。其下言欲著書自見。亦復才力不足。亦不能復爲士列。再希當世之用。見得上書之意。並無意外請託。但冀埽墓歸廬。得嗣而已。把上三段陳書之意。作一總結。切實在與哀於無用之地。垂德於不報之所二語。是通篇關鎖阨要之言。

與楊京兆書極長。中間只分兩大段。一論薦賢。一論文章。末仍求歸鄉閭立室家意。無甚意味。

與韓愈論史官書。詞意嚴切。文亦髣髴退之。此爲子厚與書類中之第一篇。退之答劉秀才書。言爲史者。不有人禍。必有天刑。柳州則以爲退之身兼史職。旣畏刑禍。則不宜領職。故劈頭說破。如退之不宜一日在館下。更舉一個道字。卽緊對榮字說。說得史職非榮。所重在有道之褒貶。退之以道自任。乃畏刑禍而不爲。直說得無言可對矣。其下推進一層。言史官且懼禍。若爲御史中丞大失。更當閉口不言。又推進一層。言宰相爲主生殺。更當不敢爲言。然則但榮其號。利其祿而已。榮利二字。實爲道字之反證。以下復將道字演說。皆有道者不畏刑禍之意。引孔子周公史佚及作史諸人之不幸。然亦不盡由作史之得禍。綜言之。恃直恃道。則一無所恐。不惟斥駁退之。語中亦含推崇與慰勉二意。後幅將恐字遏下。言恐刑禍者。非明人。而學如退之。議論之美如退之。生平秉直如退之。似必不懼。乃仍懼而不爲。則唐史將何望。抬高退之。不遺餘力。亦見得朋友相知之深。故責望如此。文逐層翻駁。正氣凜然。

柳州與友人論爲文書。與昌黎異。昌黎諸書。是論作文之艱苦。及回甘之滋味。柳州則但敍文人之遇。及爲文之流弊而已。意蓋輕藐流輩之不知文。雖有獨得之祕。世亦莫知。故破題說一難字。不惟得之爲難。知亦愈難。其下遂分得與知之難。擘爲兩大段。其言得之難。意爲文者。不必無瑕累。求傳者不能無期望。然得名者寡。湮沒者多。此其所以難也。其言知之難。則繫乎道之顯晦。談之辯訥。鑒之頗正。交之廣狹。似其中皆有運命存焉。彼楊雄馬遷之文運昌榮。皆在身後。尤有文不傳於後祀。聲遂絕於天下。此則子厚自方。汲汲防其無名。防無名。即是文高而知寡耳。於是痛詈當世文家之流弊。奪朱亂雅。爲害已甚。又迴顧到得者之難。通篇大意。均未言作文之法。但切指弊病。實則能去弊病。則文體自趨於正。

與李睦州論服氣書。其文神似國策。服氣之非宜。想吳武陵書中已極攻而深詆之。惜其書未附本文之後。文閒閒將愚溪柳下望見睦州顏色敍起。其曰。貌加老而心少歡愉七字。已將服氣之無驗。痛下一針。遂疾入吳武陵作書。斥駮列仙方士云云。却於武陵下加輕健兩字。見得武陵固未嘗服氣者也。其曰。貌笑口順。而神不偕來。此九字是描寫睦州負固不服狀態。和婉有意趣。令人讀之莞然。陽德其言。陰黜其忠。造語尤工妙。尤妙在不更斥言服氣之非。以吳武陵前曾有書。若再與辯駮。微嫌近贅。故將壽夭康寧疾病。一切撇盡。但切指睦州所據之丹經。決不可用。因自引少時學琴與學書。不得碩師之無效驗處。歷歷自承其慚。其言自慚者。代睦州慚也。又曰。其所不可傳者。卒不能得。故雖窮日夜。弊歲紀。愈遠而不近。則質言無碩師之斷不可成。一力警醒睦州。言外之意。蓋謂卽有碩師。而服氣一道。終屬妄誕。況睦州之所得書。不過在盧遵李計二人家。而此二人者。又皆不能知服氣之術。但憑其所藏之書。寧可信耶。文已擂破後壁。無餘義矣。又恐睦州不信。於是廣引多人。若友若客。若宗族。若姻婭。若子姓親昵。若臧獲僕妾。若將卒吏胥。錯錯雜雜。帶上一羣之人皆左袒。以明己之直諫。萬非虛語。可見服氣之不是。盡人皆不謂然。偶謂然者。或爲睦州之讎。讎之然其說。其意蓋不善於睦州耳。說得明白痛快。出語類策士之辯。收束處。復將以上數種人與睦州之讎。兩兩提較。友則思存其道。客則思存其利。宗族姻婭。則思存其戚。子姓親昵。則思存其恩。臧獲僕妾。則思存其主。將卒吏胥。則思存其勢。獨讎睦州者。則思去其害。文似過演。然不如是。不足以伸前半之意。後幅勸其極五味之適。致五藏之安。是文中本意。

唐時朝士。居顯要者。多矯激而避嫌。於昌黎送奇皡下第敍中。已見之矣。柳州賀王參元失火書。正是此意。書意似怪特。然唯有唐之矯激。始有此怪特之書。失火有何可賀。賀在一火之後。可以蕩滌行賄冒進之名。書中始駭。中疑。終喜。分三段抒寫。似奇而實平。似恕而實憤。第三段寫公道難明。世人多嫌意。否塞令人愴㥒無已。

柳州啓事。及章表。在唐人制詔中。亦平平耳。故不錄。

祭呂衡州文。至沈痛。以子厚與之同貶。物傷其類故耳。一矢口。卽咎天。其曰聰明正直行爲君子。天必速其死。道德仁義。志存生人。天必夭其身。吾固知蒼蒼之無信。漠漠之無神。於化光之歿。悲逾深而毒逾甚。故呼天以云云。詞之激切。似非明者之言。蓋子厚天說中。已斥言天之無知。又因衡州之早死。乃益憤戾。遂至口不擇言。試問八司馬不附王叔文。天又將如之何。實則叔文與伾。到底爲有罪無罪。雖以子厚之善辯。而亦不敢言其無罪。因罪人而至於流貶以死。將怨人乎。抑怨天耶。鄙意文人多自負。又多護前。往往不自知己之短。似能文以占人間之勝地。卽有小過。亦當爲己原諒。一經取戾。卽大發牢騷。此通病也。子厚深信衡州之道德文章。似不應收局如是。就文論文。就其交情論交情。亦自成其氣幹。其曰。道大藝備。斯爲全德。期許衡州。不無太過。然不如此說。則下文官止刺一州。年不逾四十。亦不見其沈痛。又言。已聞道咸賴化光。則朋友切磋之感。固應有此一副眼淚。所慟者。志不得行。功不得施。及朋友凋喪。志業殆絕。此非專哭衡州之言。是子厚欲從流謫之後。洗宥前眚。恢復其初志意。託痛哭衡州之文。一傾吐之耳。至云道息志死。似衡州之亡。而已之願力。亦與之俱亡。此所以宜哭也。末幅將衡州死後精靈。盪入空中摹繪。音長而韻哀。是謫宦傷逝之情懷。文人不平之騷怨。子厚祭弟宗直文。不如昌黎祭十二郎文。緜亙其哀音。然眞摯處。乃不之遜。四房子姓。各爲單孑。則宗直之死。於柳氏大有關係。可知宗直亡。而子厚又未有男子。宗直在客。子厚流貶異鄉。骨肉相依爲命。而宗直又舍之而去。則單孑中。又獨存爲單孑。幾於心緒茫亂。不知所爲。但有呼天咎恨而已。至知在永州。私有孕婦吾專優卹。以俟其期。男爲小宗。女亦當愛。延子長大。必使有歸。撫育教視。使如己子。吾身未死。如汝存焉。此數行中。無盡深情。無窮體卹。大意均根上文四房子姓各爲單孑而來。外婦之子。亦允爲小宗。則柳氏之衰可知。至此幾於凡爲宗直所屬意者。皆形寶貴語語從至情中流出。無一矯僞。末寫厝棺蕭寺之慘狀。臨棺痛哭之誓詞。不肖於亡弟炳耀之喪。曾至臺灣野寺中。撫其旅櫬而慟。白骨皚皚。不知誰氏之柩。棺破而骨見。卽瀕弟棺之左右。此時眞舍死以外。無善途。讀子厚文。迴思四十二年前事。不期老淚爲之涔涔然。